刘丽丽

著

十三岁，世界
告诉我们什么

中国言实出版社

图书在版编目（CIP）数据

十三岁，世界告诉我们什么 / 刘丽丽著 . -- 北京：
中国言实出版社，2018.6
（当代实力派作家美文精选集 / 凌翔，汪金友主编）
ISBN 978-7-5171-2812-0

Ⅰ.①十… Ⅱ.①刘… Ⅲ.①散文集—中国—当代
Ⅳ.① I267

中国版本图书馆 CIP 数据核字（2018）第 127743 号

责任编辑：胡　　明
出版统筹：李满意
插图提供：荷衣蕙
排版设计：叶淑杰
　　　　　严令升
封面设计：戴　　敏

出版发行　**中国言实出版社**
　　　　地　　址：北京市朝阳区北苑路 180 号加利大厦 5 号楼 105 室
　　　　邮　　编：100101
　　　　编辑部：北京市海淀区北太平庄路甲 1 号
　　　　邮　　编：100088
　　　　电　　话：64924853（总编室）　　64924716（发行部）
　　　　网　　址：www.zgyscbs.cn
　　　　E-mail：zgyscbs@263.net
经　　销　新华书店
印　　刷　三河市金元印装有限公司
版　　次　2018 年 6 月第 1 版　　2018 年 6 月第 1 次印刷
规　　格　710 毫米 ×1000 毫米　1/16　13 印张
字　　数　180 千字
定　　价　49.80 元　　ISBN 978-7-5171-2812-0

散文的气质

红孩

每一个人都不是孤立存在的，他需要社会的滋养。社会就是人群之间的往来，既然人与人之间有往来，就必然会有人与人之间的评价。评价一个人，标准很多，可以用小家碧玉，也可以用大家闺秀，最简单的方法就是用好人和坏人区分。这在二十世纪六七十年代的电影中处处可以看到。而事实上，这世界的芸芸众生，哪里有那么多的好人和坏人，好人和坏人是相对的，就大多数人而言，基本属于不好不坏的人。

生活中，我们对一个人的外表评价，通常爱用"气质"这个词。譬如，形容某个女人漂亮，常用气质高雅；形容某个男人有修养，喜欢用气质儒雅。由此可见，气质这个词是人们所需要的，也是男女可以通用的。查现代汉语词典，对气质的解释有两种：一是指人的相当稳定的个性特点，如活泼、直率、沉静、浮躁等，是高级神经活动在人的行动上的表现；二是人的风格和气度，如革命者的气质。很显然，我们一般选择的是后者，前者过于确定，不过后者也让人感觉到是属于不好定义的那种。

同样，我们看一篇文学作品，往往也会从作家的文字中读出其人与文的气质。这就是所谓的文如其人。以我的见识，人和文在很多的时候并不一致。一个文弱的书生，他的气节和人格可能是刚硬的。鲁迅个头不足一米六，可谁能说鲁迅不高大呢？不管怎样，我们看一个人的作品总会很自然地和这个人的人品联系在一起。所以，我们在研究一个人的作品时，往往会从作家的社会性和作品的艺术性两个方面来考证。近些年，社会价值取向多元化，人们对过去的人和事也变得宽容起来，像过去被封杀被长期边缘的作家作品逐渐走向人们的视野，这些作品甚至如日中天地成了一段时间的文学主流。文学的艺术性与社会性，是不可割裂的，过于强调哪一方面都会失之偏颇。

　　散文也是如此。我们说一篇散文的优劣得失，其评价体系也很难绕开艺术性和社会性。当然，如果是风景描写的那种游记作品，就另当别论了。即使是风景描写，也不完全超脱于当时的社会背景，如《白杨礼赞》《茶花赋》《荷塘月色》《樱花赞》等。假设我提出鲁迅、冰心、朱自清、杨朔等作家的作品具有散文的优秀气质，不知会不会有人站出来反对？我想肯定会有的。据我所知，有相当多的一些作者，始终坚持散文的艺术性，而不愿提作品的社会性，似乎一提到社会性就是和政治挂钩。

远离政治，已经成为某些作家的信条。前几年，周作人、林语堂等二十世纪二三十年代的作家突然走红，就是被这类人追捧的结果。以我个人而言，我对散文创作的路数是提倡百花齐放的，风花雪月与金戈铁马都可以成为作家笔下的文字。我们不能说写花鸟鱼虫、衣食住行就题材窄、格局小，就缺少散文的气质。有的作家倒是常把江河万里挂在嘴边，可其文章味同嚼蜡，一点散文的味道都没有，更谈不上散文的气质。

我理解的散文的气质，首先是文字的朴素、洁净，如果一篇散文连这一点都做不到，就很难有别的作为了。这就如同我们看到一个衣衫不整的人，他怎么可能有好的气质呢？然后，作品的内容要更多地承载读者所要获取的知识、信息、情感、思想的含量。第三，在写作技巧上，要发掘出生活的亮色，特别是能在所见的人与物中悟出人生的道理和对世界的看法，且能熟练地运用修辞手法和文章的结构方法。第四，文章的意境要高拔出常人的想象与思维，具有超越时代的精神高度。第五，要做到内容和形式的统一，其内外气场要打通，要浑然一体，有霸王神弓那种气派。有了这些，还不够，一篇好的散文必须与社会相结合，要得到广大读者的认同与共鸣。这个社会的认同，光是一时的认同还不行，它还必须是超越时代的，像我们读《岳阳楼记》那样，要能产生"先天下之忧而忧，后天下之乐而乐"那样的人生思想境界，这才算真正地具有了散文的气质。

　　散文的气质是不可确定的，不同的作家创作了不同的作品，其气质也是不尽相同的。气质是最让人捉摸不定的东西，它像风又像雨，很难用数字去量化。大凡这种捉摸不定的东西，恰恰是审美不可回避的问题。艺术的美是感悟出来的，即我们常说的艺术就是感觉。在这里，我们也可以把散文的气质说成散文的气象，气象可以是眼前的，也可以是未来的。我喜欢"气象万千"这个成语，它如果作用于散文，那就是散文是可以多样的。一篇优秀的散文一定有着不同寻常的气质，拥有了这个气质，你就能鹤立鸡群，就能羊群里出骆驼。

（作者系中国散文学会常务副会长）

目 录

第三辑：细麦落轻花

第一辑：揭衣初涉水

十三岁，世界告诉我们什么

十三岁，揭衣初涉水的年纪，春林初盛，幽谷有清澈的鸟语。世界是身畔活泼的溪流，远远地发源，又热情地奔向远方。琴声响起，年轻的肢体随着节拍跳跃，双脚落下的地方，不声不响开出一圈野花。

然而，当我真正迈进十三岁的门槛，等待我的既没有露珠，更没有鲜花，我等来的是人生中第一个跟头。小升初考试，毕业生们首先在各自的管区参加第一轮预选，优秀者再到镇上参加复选，争夺五十个入场券。平时稳居班级第一的我，竟然第一次初选就名落孙山了。那夜，父亲的烟头在暗影里一闪一闪，亮了很久。半夜醒来，还听见他和母亲小声商量着什么。窗外，隐约有夏虫的鸣叫，声音时断时续。

村庄向东南十几里，就是镇上的重点初中。一条东西走向的柏油路横贯学校门前。公路和学校之间形成一个缓坡。夏天，常常见到穿了花裙子的女生，背了单肩包走上斜坡。三三两两，说着，笑着，在夕阳下分散到小镇的四处。也能见到晒得黝黑的男生，骑着单车，趁着没有门卫监督的时候从高处俯冲下来，洒下一路清脆的车铃。八月底，我站在了这所学校的牌匾下。两百多名初一新生中，我的入学成绩排在前十，数学进了前三。这些，都是后来知道的。簇拥在故事主干周围，应该还有许多枝杈，但我已经记不清了。即使有，也是后来听说。第一次预选发通知的第二天，父亲托人帮忙要了一张准考证，让我参加了复选。发榜那天，第一次落选的原因也查清了：因为某老师的疏忽，给我漏算了一门学科分。命运之神在小学毕业时，跟我开了个不大不小的玩笑。多年之后的梦里，总有一个父亲的形象：他揣着一盒烟卷，蹲在一块青苗前，和别人谈论着什么。笑容不时漾上他的脸颊，让眼角处的皱纹不太自然地攒起。青苗上，露珠浅淡，青苗间叶片相交，搭成一座拱形的桥梁。不善求人的父亲，在那个清晨第一次向人张口，求得了一张摆渡的船票。

学校的牌匾是木制的，长方形，挂在右边的立柱上。牌匾刷了白漆，中间是几个黑色的大字"小营镇中心学校"标明身份。几排教室坐落在学校最南端，红墙绿窗。迷蒙的热气从窗隙透出，带着一种陌生的距离感。八月的天空沉闷，从上而下，压在人们的肩膀上。汗水顺着父亲的脸颊流下来，流进皱纹形成的轨道里，最终落在脚下的土地上。宿舍前一棵白蜡树，枝条横行。几只蚂蚁沿着胡乱伸展的枝桠爬向高处。我想到我自己，从此，也将踏上一条前路未卜，但却必须走下去的行程。蚂蚁虽小，好歹还有同伴照应，我却是只身一人面对这陌生孤独的旅程了。心，从那一刻起有了凄惶。

因为行动早，所以当其他同学陆续赶到的时候，父亲已经帮我安顿好一切。床位选好了，蚊帐架好了，凉席铺好了。

我说："爸，你回吧！""不急，我带你到几户人家走走"，他抬头看看灰蒙蒙的天，说。那些人，都是不太走动的亲戚朋友。关系算不上近，所以每去一户人家，父亲都要先买礼品、水果。一家一家地走。一户一户地寒暄。无非是自己的孩子来镇上上学，离家远，有事时希望别人能够照应。

最后一户人家很难找。在我看来，宁可跑回家去，也不会七拐八绕，去找一个不太熟悉的人帮忙。可父亲执意走完。依然是相似的模式：和主人一起回忆陈年旧事。吃父亲带去的水果，喝茶。请人家在他女儿求助时能施以援手。主人家的托盘里，盛放着当日的午餐。最正中的一个，上面是几块精致的金黄色的糕饼，糕饼下，铺了一张雪白的餐纸，镂空的花边，在风扇扑来的风里，扑棱棱地拍打。女主人客气地推让，我局促地坐着。看男主人一会打哈欠，一会看窗外。听墙上的时钟滴滴答答，漫无目的地走。

终于回到了学校门前，那时的心里已经有了怪怨。说不清到底是怪怨谁。别人的怠慢、我的不耐烦，父亲似乎都没有察觉。他把身上剩下的钱交给我，做第一周的生活费。我说："爸，你快回吧！"他答应着，却不动弹。看看我，再看看我，把车子打好。走到我身边，取下一样东西，交到我眼前——一片柳叶不知何时飘到我的头发上。我就笑了。泛黄的柳叶，轻飘飘地旋转着，落到地上去。父亲忽然想起什么似的，示意我等他一下。他走进学校旁边的门市部，不久就出来，手上多了一把红色的木梳。交给我，如释重负地说："你看，我总觉得忘了拿什么东西。这才想起来，没给你带梳子。"

离家的第一夜，落了一场急雨。一个女孩子悄悄告诉我，她已经开始想家，我呢，隐藏在心底的什么东西突然被勾起，继而一发不可收拾。母亲肯定在灶间忙碌，父亲呢，给牛喂草了吧？黄牛睁着大大的眼睛，一脸纯真。哥哥正在教室学习吧？亲爱的弟弟呢，有没有到池塘去捉鱼？如果弄脏了衣服，又该挨骂了吧？那一夜，我和很多人一样辗转难眠。

所以，进入十三岁，人生的第一课应该是"告别"。

与旧日的学校告别，和童年的老师、同伴告别，和父母亲人告别。

在被迫拉开的时空里，你第一次发觉，那个旧的院落里，有那么多牵扯你心脉的事物。当你离开一段时间，你会第一次发现，父亲的额上添了细纹；第一次发现母亲的鬓角有了白发，祖父祖母的腰身越发佝偻，生你养你的小村庄原来并不起眼。其中的惊奇，不亚于你在田间发现了一种从没见过的植物。初中是一个起点，从此，高中，大学，工作谋生……你会经历人生无数次的离别；与此同时，有个概念慢慢地，悄无声息地进入你的生活，它叫作"归属感"。无论你浪迹天涯海角，在外遭受创伤打击，你的心灵笃定，你知道有个地方，有个安静的院子，有两个含温带热的人等你回来。

和懵懂莽撞的自己告别。去认识一批新的老师和同学，你们介入彼此的生活，展开为期三年（当然也可能是一生）的友谊。当作业没有做完时，"你以为自己还是小学生？"当你在楼道奔跑被扣分时，"你三岁孩子吗，这么不懂事？"这样的话会经常回响耳畔，它提醒你无忧无虑的童年，可以山呼海啸般自由奔跑的童年，犯了错误也可以原谅的童年已经离你远去，无论你怎样恋恋不舍。

告别，是为了更好地伸展。

在盛夏的晨光里，少年向着世界迈出坚定的步伐。

成长的答案在哪里？在薄薄的教科书中，还是老师家长的谆谆教诲里？在如山的试卷里，还是在漫无边际的题海里？似乎都不是。

成长的答案如何获得？品德课上答题全对的学生，却未必在生活中结交到朋友，因为教科书中没有教会他"妥协"；那个敢于逃课去打台球的孩子，在骑车穿过黑暗的小巷时吓得面无人色，因为没有人教会他什么叫真正的"勇敢"；热恋中的女孩子，把心爱男生的名字用圆规的针一下一下刻在手臂上，她其实不知道生命中第一个恋爱的对象应该是自己。还有，那个考试失利跳楼自尽的"三好生"，她的字典里从来没有过"失败"两个字，所以，"失败"究竟是一件好事还是坏事？这个灯火通明的时代，为什么人们开始怀念黑夜？曾经人们抱怨没有丰富的夜生活，抱怨那个沉默的年代，可是，今天，当每个初中生都有了自己的QQ、微信、邮箱，当每个人都在急于表达自己，为什么现代人却越来越孤独？

当许许多多的少年在灯卷之下苦熬，在书山之间跋涉的时候，其实，世界还有另外的一条曲折小径，比如：

曾经有个来自欧登塞小镇的十四岁少年（论年龄，他应该上初中了），怀揣着对"戏剧演员"这个职业的热爱，拿着家里仅有的十几个银毫子和心爱的木偶独自闯荡哥本哈根，当鹳鸟每年春天飞临他家的屋顶，当庭院里的醋栗树重新皱起细小的新叶，在陌生的城市里他做童工，打杂，得到一份职业，又失去。擦去泪水，他告诉自己，现在不是哭泣的时候，要行动，信心百倍地行动。从此，他埋头创作，抓住所有的机会刻苦深造，创作出一篇又一篇的童话故事，成了"童话世界的太阳"。直到今天，他的名字依然深受各国儿童的喜爱，他的童话所取得的巨大艺术成就和思想成就，至今无人企及。他的名字叫安徒生。

曾经有一个白族小姑娘，她在家乡的山川哺育下自由生长，世界是她脚下的河滩，是身边摇曳的野花，是天上的浮云，是斜斜吹过的风，是系着铜铃从雾气中慢腾腾走过来的水牛的脚步，是村寨傍晚次第亮起的灯火。十三岁，从来没有经过专业训练的她进入州里的歌舞团，仅仅凭借着对舞蹈的热爱，后来调入中央民族歌舞团。世界，是她表演的轻灵曼妙的孔雀舞，是迸发出原始生命热情的云南映象。二〇一一年，她和另外四名女星作为代言人，出现在中国首部国家形象宣传片中，并称"中国五美"。中国舞蹈领域，至今，她是成就极高的舞蹈家，她的名字叫杨丽萍。

她说过这样一段话："有的人来到这个世界，是想传宗接代，有的是来享乐的，有的是来索取的，而我是一个生命的旁观者。我来世上，就是看一棵树怎么生长，河水怎么流，白云怎么飘，甘露怎么凝结……"

所以，当我们听从世界的召唤，开始自己的青春之旅，让我们先把"意义"这一类深刻的概念放到一边吧！仰望灿烂的星空，走好脚下的旅程——假如没有过迷茫，没有过奋斗，没有过欣喜若狂，没有过万念俱灰，怎么能算青春？假如不曾疯狂一次，犯错一次，青春如何完整？没有落过雪的冬天，怎么能算冬天？

据说三千多年前的古希腊流传着一句箴言，后来人们把它刻在阿波罗神庙的入口处，以便让城市的每一个居民和每一位访客都能一眼看到它。牌子上刻着五个字：认识你自己。

认识你自己，就是认清自己的能力、特长、兴趣、爱好，在这个世界上，最终找到自己的位置；认识你自己，就是有基本的价值观，能够区分善恶美丑；认识你自己，就是由认识自己，进而去认识他人和世界，转回头来，对自己有一个客观的评判。

据说著名的哲学家苏格拉底很喜欢这句话，并从中引申出自己的观点：认识你自己——照顾你的心灵。

某个春日，初一级部的课外活动时间，我摊开笔记本准备写下一些什么，三楼的手工教室里，加上我，一共二十二个人。学生们是我和徐庆芳老师负责的十字绣班的成员，从年前到现在，她们手中的绣品已经逐步成形。柔柔的丝线，一群专注的女孩子和一个深爱世界的我。我们都不知道结果如何，只知道，眼下的一针一线都是为了某事的呼之欲出而存在。

世界告诉我们什么？在十三岁，答案无须问，少年人只管大步前行。

温暖的脚印

想起来，那是十六年前的事了。

一场雨不合时宜地从清晨开始飘落，院子里不久就成了湿滑一片。芦花鸡似乎想从屋檐下冲到对面的瓦棚去，但没跑几步就被雨点逼了回来，身上的羽毛打了绺儿，木呆呆却心有不甘地看着远处。某一刻，我感觉它的神情和我惊人地相似。

分配通知书是昨天送来的。几行龙飞凤舞的字迹，把我"打发"到了一所乡下初中，要求第二天报到。也就在那天，我得知一起毕业的七个女生中，有六个被分到了新建的中心学校。新校条件好，熟人多，不会孤单，而我即将报到的那所中学呢，更像一个被世人忘记的老者，在乡野深处顽强地存在着。房子低矮，破旧，大门洞开，风和沙尘在春季会肆无忌惮地涌进来。通知书被我折起，又展开；展开，又折起。没人告诉我，我究竟被谁玩弄于股掌。成绩优异如何，实习表现优秀又如何，无须比试，我已败北，睁着一双迷茫的眼，却不知道自己怎么输的。

父亲一直坐在椅子上抽烟，缭绕的烟雾模糊了他的表情。很多年了，他习惯用沉默作为和这个世界对话的方式。但昨夜，很晚了，还听见他和母亲在说着什么，如同风吹树响，偶尔夹杂着一两声叹息，轻轻传来，落叶一样，轻得让人心疼。眼泪就是在那一刻蓄满眼眶的，不为命运，不为自己是个老实巴交的农民的女儿，只为白日里他紧绷的面孔，以及看我时躲闪的目光。

将近九点，雨停了。父亲把烟头掐灭，走出去探路。不一会他折回，眼神依旧躲着我，说："能走了。"又说："第一天上班，耽误了不好。"我把通知书揉成一团，扔在了桌子上。纸团滚动了几下，好像落到了地上，我也懒得去理会。从杂物间推出自行车，刚要走，父亲从后面赶过来，把车子接了过去。

门前的路，向东约五百米才是柏油路。父亲扛起自行车，一步一滑地出了家门。我跟在他身后，躲闪着泥水，可鞋子上还是沾上了泥巴。我一皱眉，他好像背后长了眼睛似的："踩着我的脚印走！"果然，他的脚踩过的地方，泥巴被带走很多，我再踩，就不大沾脚了。只是这样一来，他需要把步幅缩小，来迁就我。却也不焦躁，一步一探地谨慎地落着步子。由于用力，一侧膀子歪着，黑色的自行车座子牢牢地倚着他的头，衬出头上星星点点的白。脖子上青筋暴起，最粗的一条突突地跳着，仿佛那里活跃着一轮即将喷薄而出的太阳。

太阳终于跳出云层了。浅草窝里，一朵蒲公英黄艳艳地向着天空挺起了身子。叶底还沾着泥，花茎的顶端却托举起一圈干净的花瓣。那么美，那么自在，那么快乐地绽放自己啊，在这风雨之后！眼睛碰到它的刹那，心中某根弦忽然放松了许多。

到公路上，父亲放下车子，跺了跺脚，拍了拍手。只是短短的几百米，他的脸上却见汗了。到底岁月不饶人。我让他回去歇歇，他转身要走，又回过头看看我，把手伸进上衣口袋里，我以为他要掏手绢擦汗，摸出来的却是一张纸。交到我的手上，还带着父亲的体温。定睛一看，是那张被我揉皱的通知书，已经被叠得四角分明。他下了很大决心似的吐出一句话："闺女，啥事没有一辈子定性的……好好教，咱要对得起那些娃娃！"这一次，他的目光没有躲闪，似乎有光亮在他的眼底闪动。我低头答应着，不敢去看他的眼睛，也无暇分辨那闪动着的是期待的神采还是一言难尽的眼泪。车子拐弯时，发现他还站在那里朝这边张望。巨大的天空背景下，他成了矮矮的一个。什么时候，他开始老了呢？鼻子一酸，眼泪终于掉下来。小时候，我多么喜欢跟着他去田间劳作。他人高，步子也大。每件事，都做得有板有眼，手里的活就像文人笔下的文章一样讲究。人前谦虚，不吹牛，人后要强、努力，也是他教给我的。

就这样，踩着他的脚印，我一步步走出了乡村。

爱情这回事

一

小学四年级，男生女生界限分明。某日，平时不搭话的男生送一明信片和小刀给我，脸蛋通红神秘兮兮类似地下党接头。也许是从小头脑不灵光的缘故，加之身体孱弱，不爱红装爱武装。明信片被我转赠堂姐，小刀压在枕下夜夜防身。我家的房子泥墙木窗，冬有凉风夏进蚊虫，独独不见毛贼往来，终于忍不住问父亲：咱家真这么穷啊？

二

初中毕业那年，班内刺头不知何故突然转变画风，往日谁影响了他上课睡觉，辄瞪了一双牛眼找人打架，那些日子突然热心向学，上课捧了书本，课后觍一张笑脸去某女生那儿请教问题。雨天送伞，白日护花，期末考试之后给人家买硬皮笔记本相赠，上书三个大字：匆（勿）忘我。

奈何落花有意流水无情。多年后街头偶遇，见他手牵妻子，肩膀扛一幼儿，妻子回头张望的瞬间，我大惊——其人样貌赫然当年那位女同学，尤其一双单眼皮神似。

那一刻恍然大悟：世间果然有种情感既是偏见，又是一种执迷。

三

女友说她在工作中结识了一个人，"暖日晴风初破冰，柳眼梅腮，已觉春心动"，那人说：知道么，你是我的必修课。

你有几门必修课？

只你一个。

她听到，惴惴不安的心从此坦然成简单剔透的水晶。

生命真的妙不可言。小花园里有花开了，一树海棠，从花骨朵，到半开，到开得圆圆满满，笑吟吟的。所有路过的人，一抬头，立刻感觉眼前春光明媚，连空气中都有淡淡的香味。这花有情，开得好呢！

花谢了，就会有果实吧？事实是没有——她发现他以自己为圆心，将热情辐射给所有进入他生命半径的人。只好自我解嘲，她收回所有隐晦的柔软和期待。有些人在生命中出现又消失，犹如潮水起落，实在没有什么可以解释说明的。海棠花谢了，季节缓慢推进，不是每一朵花都能结出坚韧沉着的果实。

四

罗马神话中的爱神丘比特是一幼儿形象，生双翅，顽皮不堪，喜欢蒙着眼睛乱射箭，哲学家解释：爱情皆有盲目性。

五

　　热恋中的女孩子，为了表示自己的忠诚，偷偷用圆规针一下一下在胳膊上刺了一个字，那是男孩的名字。上课时，她用衬衣的袖口紧紧捂住伤口，但依然有暗红的血水渗透出来。那个夜晚，我把她邀到办公室，用棉棒替她清理伤口，涂药水消毒。我们谈一汪水如果流动的结果，谈这些水如果不流动会成为什么样子。谈那个男生，我发现，她其实并不太了解男孩子的心中所想。刺那个字也是她自己的意思。针头穿过皮肤，留下永久的疤痕，她希望用这样的方式保持"永远"。

　　我没有告诉她另外一个男孩子的故事。男孩初恋，为了表示忠心，他也在胳膊上刺了女友的名字，后来，他们分手，他经历一次次恋爱并乐在其中。三十岁，家人催逼，加之女友意外怀孕，于是草草结婚。多年之后初识方块字的女儿发现新大陆一般追问他胳膊上的字，他胡乱搪塞过去。这是尴尬的一幕，疤痕仍在当初结识的地方，心境早已经过了万水千山。

六

　　染一头黄毛，吸烟，逃课，在胳膊上刻字，打一串耳洞……有些看起来很酷的事情其实一点都不酷，因为它们很容易做到，真正酷的事是那些看起来很简单其实又不容易做到的，比如读书，创作，安心于看似平淡的工作并从中发现乐趣，再比如，拥有爱一个人的能力。

七

　　据说，在一堂班会课上，三年级小学生探讨如何获得和平，他们最终总结出了几个关键词：妥协、中立和沟通。

与此同时，网上曝出的当今年轻人分手的理由五花八门：我的信息你为什么不秒回？你是我的男（女）朋友，为什么你的密码我不能知道？离婚的原因是你的牙膏为什么不按我说的方式挤。

八

好大的口气啊！爱了我，就要围着我转。

在高标准的物质生活中有人学会了痛苦，有人以爱为名扎起了篱笆。他们都忘了，幸福原本是单纯的，没有那么复杂。

九

但我还是想说，有些事只有走过青春的人才会明白，比如放学路上的夕阳，篮球场边等待的男孩。比如写得满满当当的歌词本。比如宿舍的卧谈会上，和人面红耳赤地争辩"好感"与"爱情"的差异。以借本子为理由、以借书为理由的接触。第一眼望见那个人的心波荡漾。谨慎地开口，矜持地微笑。一封封在邮路上奔走的信件，收信的喜悦，写信的激动。怕被班主任没收于是写到信封背面的暗语……阴郁和晴天，懵懂和勇敢。

还有席慕蓉《一棵开花的树》，徐志摩《偶然》。

还有余秀华：

哦，你还是你

有我一喊就心颤的名字。（《风吹》）

泰山桂树

　　年前，去家具店转了转，看到一款书架十分出众。式样简洁，大方，可以放书，也可以摆点盆栽，肯定能成为书房的一景。店员介绍说是从俄罗斯进口的老榆木，密度高，质量可以保证。常见的老榆木为什么要去俄罗斯进口，岂不是增加了成本？店员解释说，造价并不高，现在交通发达了，主要是国内榆树数量已经太少。这个说法我能理解。有了速生杨，很少有人再去专门栽植榆树，乡下现有的榆树大多是雨生的，长得慢，一棵榆树从树苗到成材要长个二三十年，现在的人都不愿意等。

　　一种事物消失的时候，往往是它最被渴望的时候。前些年回老家，村子里来过一些收旧家具的，明清以来留存到现在的家具，大多被时髦的沙发茶几所取代。用不上的破烂还有人买，甚至能卖个好几百块？利益吸引着村人出手卖掉，但旋即有人后悔。据说，贩子买了去，一倒手就赚几百块。那些家具材质过硬，料子好，修复一下重新卖出或者利用底料打制新的家具皆可，只要自身质量过硬，时间不是问题。

　　良木如此，人亦如此。《世说新语》中记载了两则人物的言行，整理如下。第一则：周子居常云："吾时月不见黄叔度，则鄙吝之心已复生矣！"第二则：有客人问陈谌："您的父亲太丘先生，有何功德而负天下盛名？"陈谌回答说："吾家君譬如桂树生泰山之阿，上有万仞之高，下有不测之深；上为甘露所沾，下为渊泉所润。当斯之时，桂树焉知泰山之高，渊泉之深，不知有功德与无也！"

黄叔度家境虽然贫寒，但是品德高尚，人们对他的评价很高，所以，第一则故事告诉我们，美德如花香，可以传染给周围的人。第二则故事中陈季方的回答不卑不亢，一方面阐明了儿子不该议论父亲的儒家传统观念，另一方面烘托出父亲的高大形象和高深修养。

长在泰山山腰的桂树，挺拔，繁茂，散发出芬芳的香气，譬如穿过时光隧道的旧家具，掸去灰尘，露出自然的纹理和坚硬的质地，这种内质，在人，我们称之为"德行"。它能让人不受眼前干扰，保持自己强大的气场。尤其在恶劣的环境中，德行是一点深藏在骨子里的执拗与清高，可能与俗世格格不入，但不妨碍它发散出来的温暖和光亮。那是做人的一点生机，有了这点生机，人生便有无限可能。

德行需要修炼，譬如一棵栋梁的生长，你要给予时间和耐心。

共 老

风怒吼着从天边卷来，撕扯着穿过街道。探出墙头的树木突然遭遇袭击，成了一只只惊慌失措的航船。瘦骨嶙峋的男人刚才还蜷缩着身子，忍受炙热的折磨，这会儿他急急地挥着皮鞭。山羊小小的蹄子急促地踏着地面，沙沙声宛如骤雨。

几颗雨珠敲打在我的头上。跑进院门，我对着祖父大喊："快进屋，快进屋，下雨啦！"他从树荫下的世界里抬起头来，先是一脸茫然，继而恍然大悟似的说："你先去，我一会就来。"说罢，低下头，继续修他的铁锹。锤子一下下击打着铁砧，不疾不徐，音节像齐整的句子挂上房檐：叮当，叮当，叮当。

祖父的家在村子西北角，紧靠池塘和田野。黄昏时分，太阳从那里落下，随后一弯新月升起，郑重其事地挂上树梢。当祖父把铁锹放好，又把铁砧搬进小屋。雨点便前脚后脚地砸了下来。他拍拍手，捶打捶打腰，说："呵，好大的雨。"从那以后，田野一片葱绿。水珠在荷叶上一颗颗地翻滚。雨后，松软的菜地边会钻出白生生的蘑菇，腐烂的树桩上冒出黑乎乎的木耳。祖父挖出蘑菇，采几朵木耳，放一把青菜，磕一个鸡蛋，做出的汤香喷喷的。我时常在他做饭的时候搞偷袭——很多时候，都见他拍去衣襟上的土，从青烟缭绕的灶间钻出来，先对着空荡荡的院子咳嗽一阵，再抹抹眼角呛出来的泪。那样的季节，柴都是潮乎乎的，做一顿饭，满院子的烟。等饭凉透的时间，他也不闲着，从工具箱中拿出家什摆弄着。铁砧匍匐在他的脚下，像一只温顺的犬。雨季过后，他的泥墙都要重新抹一遍。在太阳烘烤下，裂出不规则的纹路，很像他的脊背上的松弛的皮肤。

"嚯嚯，嚯嚯……"他蹲在泥墙边一下下地磨着镰刀，手上的青筋暴起。一会儿抬起头，对着尚且明亮的天看看刀刃，一会儿低下头去继续磨，最后用拇指试一试。手指的纹路掠过刀锋，他点点头，觉得满意了，于是收拾起一切，镰刀一把把挂在厨房木制的窗棂上，活像一只只栖息的燕子。

"你磨那么多镰刀干什么？"有一次我忍不住发问。

"下过雨，地里的草就厚了。"

"你磨一把不就够了吗？"

"嗯。我就用一把。别的谁来了谁用。"过了好长时间我才想明白，他说的"谁"是他的儿子们。

那样的黄昏，除了虫鸣，再也听不到任何歌声。有时候他不忙，也搬了小椅子挨着我坐。

"长大了，得好好念书。"

"嗯。"

"识文断字才有出息。"

"嗯。等我长大了挣了钱，给你买好吃的，接你到我家去享福。"

"好啊！"他乐呵呵地答应着，然后叹口气，脊背向后仰起，眯了眼睛，大半天不出声。也不知道在想什么。

祖父用的铁砧其实是一个废弃的火车轮毂。不知道怎么来的，也许是捡来的吧！每个清晨，他都习惯去田里转悠一圈。等我醒来，跑到他的院子里，他早已若无其事地坐在台阶上摆弄他的工具箱，好像什么都没发生过。但他的沾了泥巴的鞋子，他鼓鼓囊囊的口袋怎能瞒得过我的眼睛？从他的口袋里我翻出过很多好东西：小钉子、螺丝帽、纸片、稻穗、皱巴巴的小青萝卜、空酒瓶、空烟盒，甚至还有一枚漂亮的发卡……后来这些东西都堆放在窗台上，成了一个小型展览台。

　　经常来参观他的展览的人有两个，一个是我，一个是收破烂的。

　　"得上点漆啊，生锈呢！"那个人收完了破烂没走，眼睛盯着树荫下那个圆溜溜的铁家伙。

　　"不漆了，都好多年了。老啦，就这样吧！"

　　"卖了吧，趁着铁还贵。"

　　"留着，怕还能用个十年八年的。"他蹲在树荫里，吸着一支自制的卷烟，青烟从鼻孔里喷出来，让他的面貌模糊起来。

　　一晃，好几个十年过去了，他偶尔来到我的梦里。面貌时而清醒，时而模糊。夜里常有汽笛声穿越雾气破窗而来，我们村距离车站很远，我总疑心当初听到的声响是从祖父的院子里传来的。那铁砧是圆形的，很厚，挺沉，仿佛车轮停下不久，火车头还在喘着粗气，随时可以呼啸生风。雨前雨后，祖父把它搬进搬出。后来，它就一直放在树荫下再也没挪动过。每落一次雨，都会让它披一身橙色鳞片。不知怎的，我近来时时想起它。每当写累了，大脑一片混沌，我便停下来。靠在椅背上，闭上眼睛。脑袋左侧的一片区域不安分地跳动，跳动。动作单调，声波辽远。我熟悉这样的声响，在那样的敲打声里，每个黄昏，星辰各自归位。

　　铁砧上的锈蚀其实并不显眼。

渔 叉

七岁的时候，我很偶然地发现了它。

那次跟着母亲去西厢房找东西，一抬头，看见它和一堆破烂挤在一起：断了齿的耙子、木锨、腌菜缸、落满灰尘的卷成圆筒状的席子、灰蒙蒙的瓶瓶罐罐。母亲翻检东西，偶尔碰到它，神情很不耐烦，像一旁站了个碍手碍脚的老人。它灰头土脸，叉齿臃肿，显得呆板而无辜。

对于新奇事物的探索，几乎都在母亲的视野之外进行。一旦发现母亲离家，我便飞快地掩上院门。从黑乎乎的窗棂望出去，院子里静悄悄的。院子中央的洋槐树正在开花，两只麻雀忙着撕扯着什么，紧绷的尾巴微微颤抖，几瓣乳黄色的花儿便飘飘然落到了地上。

我挤进破烂之中，把它挑出来，提到了院子里。抬头仰望，它几乎赶得上房檐高，叉头乌黑，生着倒钩。手柄用长长的白蜡杆制成，握在手里驯服而锋利。鲁北平原上，白蜡树很少，这样的质地让手柄很有韧性。攥紧它，向着水中刺去，刺中一条狡猾的想要逃脱的鱼，在它的挣扎里放出突然涌起的血，在别人的惊羡声里扛着它凯旋！很多次，在自家无人的院子里，我笨拙地举起它，向着虚空，冲刺，冲刺，直到浑身热血沸腾。累了，我把它拢在怀里坐下来，洋槐花扑簌簌地飘。鲜花属于凯旋的勇士，多希望身旁生出几双羡慕的眼睛，甚至还有掌声哔哔啵啵地响，只可惜，它不是一块牛奶糖，也不是精致的玻璃球那么容易携带。所以只能赶在母亲回家之前，把它放回原处，然后在粗糙的树身上擦去指纹，将自己还原成一个乖巧听话的孩子。

我相信它属于父亲，属于每个水流浩荡的季节。那时父亲还年轻，年轻的庄稼在青蛙的鼓噪声中拔节，牛蒡开着小小的花，依偎在肥厚的绿叶下。清澈的溪流里，鲫鱼、白鲢、黑鱼、鲇鱼，它们尾鳍摇摆，敏捷地穿梭。岸上，也常有赤脚的汉子逡巡。他们多半卷着裤腿，鱼叉在太阳下闪着寒光。脚步声由远而近，沿路的青蛙纷纷跃入水中，扑腾起惊悚的浪花。那些浮在水面晒暖的鱼儿就会迅速沉入水底，水面只剩下晕圈寂寞地四散漾去。

手拿鱼叉，已经够惹眼，如果能多少有些收获，则常常会成为焦点。麦秋过后，邻村一位姓孙的汉子常在沟渠边转悠，吸引了很多人。我特意去看过一次，他的鱼篓里只得到几条瘦瘦的鲫鱼。四爷爷也挤在人堆里，他看见我，又挤出人堆，再看看捕鱼人，说："嘿，你爹能叉到黑鱼呢。"

听说黑鱼是最难得的。它一身漆黑，隐在水里难以分辨，而且它有蛮力，手劲小的人拿捏不住。要瞅准时机，果断出手，力道适中，才能有所斩获。"耕读渔樵"，平淡的农耕岁月，一旦和"渔"字联系起来，人们的视听就会变得格外敏锐。比如，当穿着黄胶鞋的父亲，肩膀上扛了鱼叉，一手提了一串黑鱼，从田野归来。

"怕有个两三斤吧？"我听见耳边不断传来路人的询问。

"还活的呢！"我看见母亲眼里的惊喜。

父亲将鱼叉竖在墙边，低下头剔除鞋上的泥。红红的炉火舔着锅底，小院上升腾起香喷喷的炊烟。几根水草坠在叉齿上，月光下闪着蓝莹莹的光。

至于它何时被搁置，为何被搁置，却没有人告诉我。

摆弄鱼叉的事，最先被父亲发现了。大概见我摆弄得太不像话，他接过去。将鱼叉掂了几掂。突然，叉头朝下，手臂一凛，跟我说："喏！这样。"他的眼神也是一凛，似乎所有的目光都投注到了一起。笨拙的铁器，突然变得机警，探寻也有了明显的指向。很多年了，我很少再见到那么英气的眼神。

父亲那时已经有了三个孩子，三张嘴嗷嗷待哺。下地干活，他时常回来得很晚。母亲等着他回来，等他烧水或者做菜，他就放下铁锹或者背上的青草，一声不吭地钻进狭小的灶间去。隔着荒芜的光阴，我常见他光着脊梁，背对着我的方向，卷起裤脚，将一条看不清颜色的毛巾搭在右肩上。暮色中，灰白色的烟雾缭绕着向他靠近。他站着，望着晚来光线的潮气穿过院中的树木下沉。院门之外，一条小路，仿佛无尽虚空的隧道。没有星光照亮幸福的花园，没有晚祷的钟声指引人的信仰，他就在那里站着。在他身后，西厢房里，蟋蟀起床了。准备重复它单一刺耳的演唱，朝着散发出霉味的板壁，朝着布满灰尘的纱窗，朝着空气，朝着无边的黑暗。

鱼叉就这样被搁置起来。没有人知道它的来历。谁见到它都会把玩一阵，就好像一直在寻找它一样。这让我相信，那些和父亲年纪相当的人，都和它有着丝丝缕缕的联系。那些和水有关，和青年时代有关，和英雄的梦境有关的东西，都曾经走进他们的生命。无论他们而今过得如何困顿或者一文不名。

每个雨季，它的叉齿都会变得更加臃肿。而父亲，每个夏季，他的裤腿都习惯挽着，和所有捕鱼人一样。

风 灯

　　老式的风灯跟几枚土豆挤到了一起。杂物间是一个寂寞的世界，寂寞得实在厉害了，土豆可以钻出幽灵般白色的芽。风灯不会，它默默蹲在角落里，任由灰尘把自己变得苍老。它的把手依然结实，一根极细的铁丝连接起断裂的两根支架，让它看起来还像那么回事。油壶早已空空如也，但灯罩的顶端依然呈现橘黄色。火焰曾经在那里忘情地燃烧过，它让我们相信很多东西年深日久，深入骨髓，不可更改。

　　一九七八年的深秋，我确信那时这盏风灯是新的，而出河工的惯例是旧的。母亲的叮嘱是新的，父亲的行囊是旧的。父亲和他的同伴们乘坐的胶皮轱辘车是新的，一条大河是旧的。骒马的鼻孔里喷出的热气是新的，而帐篷升起的方式是旧的。

　　从干燥空晴的鲁北，到潮润开阔的京津，我看见父亲和他的同伴们吆喝着从大车上跳下来。拴好骒马，卸下行李，然后砍削木桩，支起帐篷，盘好锅灶。乒乒乓乓的响声一直持续到黄昏时分才渐渐停下来。入夜，冬眠之前的生灵从洞口向外窥探，它们发现了几顶新架起的帐篷，男人们进进出出，似乎在商量着什么。一盏盏风灯，挂在探出的木桩上，像一句句叮嘱的话在深秋的凉意里摇晃。

入睡前，父亲又检查了一遍明天出工的器具。工段已经分好，只等天亮埋下楔子，做出标志就可以开工了。他把灯火调得更小一点，裹了裹被子。临时搭起的大铺上有人翻身，稻草窸窸窣窣地响。风从北面来，透过缝隙，把深秋的寒战传到每个人的身上。

母亲把火拨得旺了些，锅底的热气开始蔓上来，热乎乎熏着我的脸。天快黑下来了，她在蒸窝头，粗瓷大盆放在风箱上。弟弟还不会走，站在柳条筐里，咿咿呀呀说着含糊不清的话。哥哥在门口玩。

我看了看碗柜。碗柜的门关着。母亲已经说过，里面的炸藕盒子只能等父亲回来才能吃。

父亲快回来了。

藕盒子就藏在饭橱里。在碗柜的最下面一层。被一层白笼布盖着。

我们吃窝头，但炸藕盒用的是白面。

炸好以后的藕盒子金黄金黄的，咬一口，一包油。藕脆脆的，咯吱咯吱很好吃。藕盒子是韭菜馅的，我亲眼见母亲做的。母亲把藕切得很薄，白色的藕，夹一层绿色的韭菜，在滚油里炸黄。刚出锅，喷香喷香的。隔着一层橱柜门，我能闻到里面的香气。

父亲还没有回来。母亲说，快了。

馋虫在挑逗着我的味蕾。趁母亲不注意，我悄悄靠近橱柜，拉开小门，拿出了一块藕盒子。母亲的目光锋利地扫过来，想说什么，又咽下去了。得到了默许，我终于在那金黄色上咬了一口，咀嚼声或者藕盒子的香气吸引了门边的哥哥，他也想去开橱子门，却遭到了母亲的大声呵斥。于是，他跑过来争抢我手中的这块。

头就是在那一刻磕到风箱角上的。只听得"砰"一声，感觉到自己奋力向前的身子突然被什么东西硬生生截住了。本来，我所奔向的是母亲的身边，是我认为最安全的地方。

血顺着额头流下来。母亲慌乱之中抓了条毛巾捂住伤口。我头晕晕地趴在她身上，自己并不害怕，暮色里，只记得她急促地穿过一条条街巷，炊烟缭绕，柴门里有狗探头探脑地叫，路上已经没有多少行人。

然后我被抱上自行车，同样匆匆地穿过村庄，一排排树木飞快地向后跑去。母亲说，她不记得家里的另外两个孩子和一锅窝头究竟是否托付了别人照料，一心只想不要让女儿有失误，不然她没法向父亲交代。

从医院回来（或者是第二天），家里装上了电灯。高高的灯泡悬在房梁上，隔着我那么远，像一枚煮熟的蛋黄，也像炸至金黄的藕盒子。在它之下，我的四周围拢起一群人，他们关切地询问我的病情。眼神和话语在不断重复。我呆呆地坐在话语的中心。头顶上，往常油灯照不到的地方如今都暴露了出来。飘着灰的房梁，已经褪色的、依稀可以辨认的对联，毛毛糙糙的墙壁，透着麦茬，生着断裂的纹路。一块指甲大小的疤痕已经在我额头安家落户，那个夜晚，我第一次觉得世界离我如此遥远，而我对所有发生的一切如此陌生。

大河边的工程还在如火如荼。

"叮当叮当"，大铁锹碰着扁担钩子，有节奏地响；"嗨哟，嗨哟"，两个人合力抬起装满淤泥的担子；"哎……"远处的人跟近处的人通报情况；"刺啦"热油里扔了一大把葱花，扑鼻的香气透出帐篷，在微霜的清晨四下飘散。

父亲去最难挖的地段。人站在淤泥里，半天半天地铲，一筐一筐地抬，从深秋到入冬，他们就靠肩挑手抬，硬生生挖出一条清清爽爽的河来。

他的老寒腿大概也是那时落下的病根。每个阴雨即将来临的夜晚，父亲不作声地揉搓着他的伤腿，辗转难眠。那里面，有一根骨头准确地预报明天的天气，敏锐地提醒他的主人，第二天是刮风，是落雨，还是降雪。

多年之后，我听说有一项可以申请退休的政策，只要在村里担任某个职务达到年限，就可以每年领几百块钱的补助。也听说有门路的，不用那些年限就可以领到。我说，咱们也试试吧！

父亲摆摆手，说，算了，怪麻烦的。他大约是中断过？一年或者半载？我不知道。向来，能自己处理的事情，他都不肯麻烦别人。说这话的时候，出河工已经成为历史。每年秋末，一条大河旁边，再也见不到人山人海，喧嚣热闹的场景。几台挖掘机呆头呆脑地立在河边。它们挥动长臂，把淤泥从河中央掘起，"哗啦"一下，没头没脑地丢在路上。夜里，挖掘机开走，大河两侧的夜黑漆漆一片。

人们都说：终于不用受罪了。

父亲也说：不用受罪了。

父亲蘸着酒，把风灯从上到下擦得干干净净。灯口、罩子、提子都一尘不染。他起身，裹紧棉衣，把风灯收进厢房，小心地挂在半根探出来的钉子上。那盏灯是他从工地上带回来的唯一的东西。锁头落下，灯火熄灭，在父亲的咳嗽声里，黄河南岸腹地的这个小村庄也沉沉睡去。

去本地的一处水文博物馆采风，里面的手推车、担子、土筐等农耕的东西都在。有点年纪的人都指指点点，目光里透着亲切。

回家来告诉他，他的目光变得热烈起来，说，我都用过。话匣子打开，出河工的情景又回到了眼前。

村庄里又有人领到了退休金，那人的年限还不及父亲工作长久，但据说有关系。母亲愤愤不平，可他仍然说不去麻烦别人。

五十多岁的时候，提到申请退休金的事，他仍旧摆摆手。六十多岁，摔伤了腿。七十岁的他，一瘸一拐的，天天下地侍弄庄稼。

"别再东找西找，麻烦人家。嗨，没有退休金，我不是也活得很好？反正七十了，活不了个十年八年了……"他最后的这一句，让我险些落下泪来。虽然心里惨然，有些不平，但想到很多事从来艰难，自己也是能力有限，这件事就这么作罢了。

也就是那一天，我打开门翻找杂物，忽然发现了它。耐心擦去灰尘油垢的过程，可比剜去土豆上发的芽费劲多了。它在我手里，像个温顺的长辈。散发出陈年的气息。铁锈味，还有淡淡的汽油味。那是关于出行的快乐。车辙碾过寒霜初降的地面，从干燥空晴的鲁北到潮润开阔的京津，一路上大胶皮轱辘车扬起飞尘，一群鲁北的汉子甩出响亮的鞭花向北飞驰。那里，一条古旧的大河在等待他们。

历史课，除了背诵还剩什么

缘　起

我是一个语文老师。

期中考试成绩单上，我发现筠的历史分数偏低，但其他科目都很靠前。问她原因，她说不喜欢历史课，觉得历史很无趣，不需要想象力，除了背诵之外再无其他。为了证明她的观点，她还从 QQ 上截图来了另外一个同学的话：历史除了背诵，还有做课后练习题。我苦笑。确实，那个学期她们除了做《配套练习册》《基础训练》之外，每人还做了两本复习资料。于是我设计了这样一个问题：你觉得历史课除了背诵还剩下什么？我把同样的问题发给 QQ 上的几个学生，他们有的回答还有"理解"；有的说还需要多做几遍复习题巩固。浩的回答跟她们不同，他觉得历史"挺有意思"，但具体哪里有意思，他说不出来。在他的眼里，历史课的流程是这样的：老师讲五分钟，剩下的时间就是背诵，然后再拿出三到五分钟的时间来讲讲笑话，活跃一下气氛。

他们的话让我想起一个同事。他上一个班的语文课，历史课是捎带着的，进度赶得很慢，眼看期末考试了，他才开始着急，课间时间拿本书跑到教室，大声喊着让学生们画重点。我去上课，正碰上他从嘈杂的教室里走出来，鬓角带着汗珠，眼神里却有着终于完成任务的兴奋。粗粗的杠子画完，他觉得自己大功告成，至于考试成绩，那是学生们的事。

嘉欣问我："老师，您写文章是打算教我们如何考个高分吗？"我笑："难道你不觉得，分数是暂时的，兴趣是持久的吗？再说，从技术层面指导如何考高分是你们历史老师的事啊！"由历史课说开去，譬如生物，譬如地理，譬如政治，譬如语文等等，这些学科的教学中，我们留给学生的，除了背诵、做题之外，还有什么呢？

正　文

让我把故事从许多年前说起，鲁北的一个小县城，地处县城西郊的师范校园。六月，国槐树开始绽开成串的花穗，米黄色的瓣子被麻雀不小心踢掉，随风旋转着轻轻落到木质的课桌上。

姚振文老师登上讲台，衬衣的领口永远干净熨帖，如果换成长衫，他应该是从民国时代走来的人物。他扫视一下大家，双手扶着桌角开始讲课："今天，我要领着大家参观一次伟大的战役。说它'伟大'，是因为这次战役影响了整个二十世纪的进程。"他顿了一下，继续："在齐腰深的海水中，在硝烟弥漫的空中，在雾气迷蒙的陆地上。二百八十七万人的盟军向德国军队发起了猛烈的进攻。在海上，成百上千艘战舰冲破迷雾，朝着各自的目标驶去……"那节课的许多细节都已经忘记了，但直到下课铃声响起，我们还沉浸在姚老师创设的故事情节中。隆隆的枪炮声，喊杀声，血水，海水，会师之后的泪水，随着姚老师深邃的目光，随着他起落的手势和他沉郁顿挫的声音，深深印到我们心里。他讲圣女贞德，讲恺撒大帝，让我们听《马赛曲》，欣赏美丽凝重的泰姬陵的照片。在他的精心设计下，我们随着一个又一个小故事，走进宏伟幽深的历史殿堂，探索世界发展变迁的奥秘。没有人因为这是一门"副科"而轻视它；也没有人因为有许多需要记忆的"名词解释"而不喜欢它。只是觉得那座高高耸立的历史殿堂，它的每一面墙壁，每一幅图片，每一个灯盏，甚至每一个门把手上面都有故事，激发起探寻的热情。

我们这批人是要上讲台的，师范毕业前夕，要在他的课堂上进行试讲，讲课内容就是我们的课本，听众就是同学们，还有一个坐在教室最后面的他。大家自由准备，每节课两个人，分成上下半场，每人讲二十分钟，剩下五分钟由他来点评。永远忘不了的是，当我熟练地讲完《萨拉热窝的枪声》，红着脸从讲台上走下来，他带头鼓起了掌。还是不苟言笑的神情，他微微侧着身子，向着全班同学认真地说："这是整个八九级学生中，试讲历史课最棒的一个！"为了那节课的成功，我确实认真准备，从课题的导入到流程设计，花费了比别人多的心思——多少年后，当年那个内向腼腆的姑娘可以站在人前不用备稿侃侃而谈，她时常庆幸地回想，是怎样的课堂、怎样的老师给了她源源不绝的动力。

所以，"历史"是什么呢？不是一个落满灰尘的老古董瓷器，平时丢在一边，除了考试再也无须触碰。反之，它深沉，博大，华贵，有着经历时光考验的质地。又像一棵古树，根植于土壤中，随便摘下一片叶子，都能看到里面川流不息的脉络；从它身边经过，都能闻到脉脉的幽香。

所谓学习历史，也不只是一册历史课本，一个博闻强记的历史老师。它岂不包括那飘进室内的花瓣，那苍苔绕阶的青砖砌成的教室，那北窗边合抱粗的国槐，那屏息凝神，忽而蹙眉忽而展颜的虔诚的听众？

每一个进入初中的学生，都要面对语文、数学、英语、政治、历史、地理、生物、音乐、体育、美术这些学科。每一门学科都是一扇窗户，透过它，清风明月可以走进我们的心灵，也可以通过它，看到另外一个陌生新奇的世界。

初中阶段学习中国历史，六本书，纵贯几千年。它不是冰冷的人物的集合，每一个留下姓名的人，在他的背后可能藏着你不知道的人间烟火；或者他们只是一个泉眼，逆流而上，你会看到一脉脉澄清活泼的溪流。

学老子，老师不妨讲一讲为什么他会提出"无为""无治"。一个人为什么会渴望有一个地方，虽然鸡犬之声相闻，却老死不相往来。其中的潜台词是什么？就是你做帝王，做官僚都可以，大家彼此不来往就是了，不必勾心斗角，不必尔虞我诈，这样的态度，岂不是对当时世界非常失望么？

讲魏晋风度。魏晋时代出酒鬼，但那些人为什么总要喝到酩酊大醉？这里面有没有对统治阶级的消极对抗？这是一个问题。魏晋时代重视清谈，重视语言，你问，我就要答。一问一答，智慧就出来了。比如有一个小故事：

客有问陈季方："足下家君太丘，有何功德而负天下重名？"季方曰："吾家君譬如桂树生泰山之阿，上有万仞之高，下有不测之深；上为甘露所沾，下为渊泉所润。当斯之时，桂树焉知泰山之高，渊泉之深，不知有功德与无也！"

翻译过来就是有人问陈季方说："您的父亲太丘，有什么功德，而担负了天下如此好的声名？"季方说："我对于我的父亲就好像生长在泰山山腰的一株桂树，上面是万丈高的陡壁山峰，下面有无法测量的深渊；树顶被甘露沾湿，树根为泉水滋润，在这样的时候，桂树又哪里会知道泰山有多高，深渊有多深？所以我不知道我爸爸有什么功德。"

陈季方的回答不卑不亢，一方面，阐明了儿子不谈论父亲的儒家伦理观念，另一方面烘托了父亲的高大形象和高深学养。泰山被称为天下第一山，长在泰山山腰的树，可以想见它的高大；桂是一种散发芳香的树种，中国古代喜欢用芳草名木来代指有美德的君子，所以，这种内在的美质我们称之为德行。

魏晋风度，最终要落实到自己身上。说几句漂亮的话算不了什么，身体力行，把自己的德行修养好，"穷则独善其身，达则兼济天下"这里面就包含了儒家的积极"入仕"思想，包含了一定的价值观。

民国时期军阀混战，打得热闹，后来人看得眼花缭乱，为了加深印象，老师不妨讲一点他们的性格，比如"段祺瑞，不太敛财，喜欢念佛经，亦喜欢打麻将，爱说怪话，譬如什么，中国被魔鬼所折磨。基督将军冯玉祥，文盲，后自学成才，身上混杂着清教徒及儒家道德精神。其部队只唱赞美诗，从不唱军歌。土匪出身的张宗昌，在山东见财就抢，人称'狗肉将军'（嗜赌将军），并热衷'开瓜'（即将反对者头颅劈开）。秀才出身的陈炯明，偏爱西学，还办维新报纸，后来弃文从军，独占广东。学者军阀吴佩孚，一生独尊儒术。'辫帅'张勋，唯忠清室。爱卫生的阎锡山，在山西以'模范省长'闻名于世。"（柏桦《一点墨》）

历史告诉我们什么呢？每一个现象的背后，其实都有诞生的背景。脱离开这个背景，对人物的品评就欠缺了客观。还有，心狠手辣的政治家，可能是一个慈爱的父亲；斩敌人首级于乱军之中的猛将，不妨碍成为一个体贴温柔的丈夫。在战争退潮的时刻，岳飞带领他的儿女亲自耕田劳作，教导他们说："不事稼穑，怎知生计艰难"；张灵甫在弹尽粮绝的生死关头，家书不报忧愁，跟妻子探讨的是如何规划家里的后花园。

有时候，历史也会开玩笑。萧统不爱江山，所以才有了后来影响深远的《昭明文选》；宋徽宗绘画水准一流，可惜皇帝当得很不合格；掺杂了国破家亡的血泪，李煜的词作才那么光华闪耀；写出"读书破万卷，下笔如有神"的杜甫，不是自我夸耀自己读书多，文章写得好，如果你不知道"长安十年"，怎能读出他诗中急于推介自己谋一碗饱饭的苍凉；写出"大江东去，浪淘尽，千古风流人物"的苏轼，立志救济苍生的苏轼，一生被多次贬官，逆境没有把他打倒，平庸没有把他淹没，他没当成高官，命运却让他活成了一个无奈又超脱的词坛泰斗。

历史告诉我们什么呢？有杀伐决断的冷酷，有揭竿而起的热血；有血淋淋的教训，有苍凉愁闷的叹息；有强权的予取予求，有柔弱者的四两拨千斤。

你知道吗，那些青史留名的改革家，那被车裂的商鞅，被贬官的王安石，被流放的林则徐……历史每一步向前走，背后有无数志士仁人前赴后继，奋不顾身。

你知道吗，战争退却的地方，艺术开始萌芽。多少人喜爱张择端《清明上河图》中的人间烟火，又有多少人能读懂朱耷的画作，那孤独的鸟，那翻着白眼的鱼，为何总感觉一肚子不合时宜？

历史就是这样由一个又一个的细节组成。它有光，有热，有温度，有态度。历史不是死板的教条，相反，它鲜活澎湃。每天都有悲欢离合的故事发生，每天都有奇迹或者灾难上演。有秋叶飘零就有春草萌发，这是一条流动的河流，每一个行走河畔的人，既是探索者，记录者，更是历史的创造者。

历史是一面镜子，知兴替，明得失，但它不提供任何成功的模板。秦皇汉武，唐宗宋祖，都有各自诞生的土壤，历史上不会出现第二个秦始皇，也不会有第二个武则天，因为成功不可复制。

历史不需要想象吗？看到现在，聪明的你想必已经否定了最初的想法。它太需要想象力，也最能锻炼一个人的想象力了。从远古神话，到近代奇闻轶事，哪一个章节不需要调动想象参与其间呢？没有观察力，如何发现《清明上河图》除了日常烟火之外其中包含的宋代科技要素？没有审美能力，如何欣赏敦煌壁画上游龙戏凤般的飞天？没有一定的分析能力，如何窥破朝代更迭的奥秘？没有一定的综合能力，如何在散落一地的乱麻中发现最初的线索？

所以，同学们，当历史敞开怀抱欢迎你的时候，我希望你会对自己说"我可以"；当一本薄薄的教科书满足不了你的探寻热情的时候，我希望你利用好一切的资源。真的，任何一门功课的教材只是一个引子，它更像一棵蒲公英，开出一朵朵粲然的黄花，然后把探索的种子交给你，或者顺风顺水，或者逆风而行，一切取决于你想要走得多远。

温和的力量

为了陪读方便，朋友在学校附近的小区租了房子。不料停车的第一天夜里就被人来了一个下马威：车前车后贴满了红纸。他又撕纸又擦车，整整忙了大半夜。

事情过去了些日子，我问他：他们看你的车子是外地牌照，这是欺生吧？为了显示自己不好惹，你有没有在楼下破口大骂？

朋友笑了笑说："当时确实天晚了，找不到合适的车位，就停在了人家车库和绿化带之间。虽然紧贴了绿化带，还是碍事。这事是我们不妥在先，以后注意就是了。"

"即便是你不妥在先，邻里之间，难道就没有更温和的解决方式吗？"

朋友说："咱刚来，彼此不了解也正常，凡事需要慢慢来。"朋友的气度，让我心生敬意。

这是一个飞速发展的时代，然而，快速发展的科技和不能快速增长的修养之间却形成很大的反差，戾气由此而来。一些人没有时间去沟通交流，没有耐心去体谅。所以，就容易有了摩擦，轻者骂人，重者，挥起老拳。明的不行就来暗的。反正地盘是我的，你碍事了，你就得挪走。贴纸还算客气的，划车的，扎车胎的，甚至给贴卫生巾的，不一而足，似乎无论采取怎样的方式，总之，只要我发泄了我的怒气就好。短平快的处理方式，效果真的很好吗？

想起一则典故。年景不好，老百姓没有收成，有小偷夜间光顾陈寔的家，躲在房梁上伺机行窃被陈寔在暗中发现了。作为当地有名望有身份的人，他完全可以吆喝家人把小偷打一顿，甚至送交官府判罪。但陈寔并没有这样做，他选择了另外一种方式。他郑重地起身整顿自己的衣服，让子孙聚拢过来，正色训诫他们说："夫人不可不自勉。不善之人未必本恶，习以性成，遂至于此。梁上君子是矣！"小偷大惊，从房梁上跳下来，跪拜在地，诚恳认罪。陈寔开导他，并且赠送了两匹绢给这个人渡过难关，从此全县再也没有发生过盗窃。

陈寔的过人之处在于：首先，要尊重别人，哪怕对方犯了错误也要给对方足够的尊严。其次，真正的宽容是设身处地为他人着想，给他改过自新的机会。

这种过人之处我们统称为德行。

老地方的泉

一

泉水的"泉"字，美得有种空灵澄澈的感觉。写出来，有撇有捺，有点有横，永字八法，凛凛傲骨；读出来，却是秀口半吐，略微收一收，待嘴巴近乎成为一个圈，再叮叮咚咚地流淌。甫一出口，便觉得有水汽缭绕身边，整个人立刻神清气爽起来。

佛家讲人生有八苦，万物也自有它们的为难，只有一脉流泉，活得明明白白。你看，它们从天上来，山间走，一点一滴汇聚流淌。忍受得了幽暗和孤独，也担得起跌宕起伏。能盘桓于苔藓阑珊的角落，也能轻松入红尘，愈是人间烟火密集处，愈是清空自在，淡如远山。你说，还有谁比它通透洒脱呢？

我每次进山听到流泉的声音，便仿佛看到一个隐士踏歌而来。

话说虽然隐居进了大山，可是山外时常有书信过来，某一天，皇家诏书也送进了山里。诏书送达的时候，也许他正在苗圃劳作，也可能正在一蓬盛开的山花之前听泉赏景。打开诏书，是寻常的问候，皇帝问他：大山里面有什么好东西呢？背后的潜台词很明显：荒凉的大山里有什么好东西，有钟鸣鼎食还是有荣华富贵，如此牵绊住了你的手脚。接受我的邀约吧，到朝廷中来，锦衣玉食，终生富贵，多好。他笑了笑，想到年轻时困住他的樊笼重重，想到多年不得升迁的郁闷，跌宕的光阴里，他终于肯放下，放下手中的笔，放下案头的公文，在午门挂出朝服，放下俗世的功名利禄，既然走进了大山，他又怎么能回去。放下诏书，归家的路不长不短，恰好能写成一首诗歌来回应那问候。

"山中何所有，岭上多白云。只可自怡悦，不堪持赠君。"

这个回答多妙！大山里确实没有俗世中的金银珠宝，只有那轻轻淡淡、飘飘渺渺的白云。这白云在普通人看来也算不得什么，可是在我们隐居的人看来，却是自然界赐予的造化。

这个有名有姓的人叫陶弘景，给他写信的是当时的皇帝齐高帝萧道成。以陶弘景的学识和能耐，随便抖一抖，跌落出来的可能是天文历法、山川地理、医术药物，也可能是琴棋书画乃至阴阳五行。年轻时不懂得为什么那么多人放着好端端的日子不过却要隐居，现在明白了，陶弘景的白云，陶渊明的菊花，王维的辋川别业以及不远处那一脉流淌的清泉其实是一种极好的安慰。当看倦了世事，读累了人情，就寻找一个安静的所在，望着一团柔柔飘荡的白云，听听水声，人间的烦恼就那么逐渐地被风吹散了，吹跑了。

岁月更迭，白云苍狗。云多了，成雨。雨水多了，聚集成泉，你看这个"泉"字，可不就是山间的一脉白水？它叮叮咚咚地流淌，悠悠然然的曲子，吹送来的大山的气息。白发丛生的耳边恍惚有一个吹笛小童，呜呜地吹送人间的苦乐。

二

智者乐水。

济南南部山区，泰山余脉，山水相依。这一路滩峡奇秀，清流急湍，峭壁危岩，水作龙吟。你看，一幅生动的水墨画正徐徐展开。

秋天去南部山区看红叶，霜一打，叶子红，果子也红，满山满谷就多出了许多温情。路边斜坡上盛开着一丛丛黄艳的山菊花。看红叶也看野菊，从花朵盛开再到花儿开满，开谢。山里的朋友介绍说，这些菊花可以摘回去晾干，做成枕头，夜里枕着它能够安眠。是呢，枕着这样的枕头，会不会夜晚的梦里都有山野的清香？

下山的路上，途经一个山民的小院。典型的北方民居，红瓦白墙，用竹篱扎成的院门敞开着，院子里种着几畦嫩生生的青菜，一架丝瓜累累垂挂，开着黄色的花儿。有两个小女孩在丝瓜架下写作业。走得累了，我和朋友在她们院子里稍作休息，看我们俩都站着，那个稍微大一点的女孩子赶紧从屋子里拿出两个板凳给我们坐。我们道了谢，她一边说着"不客气"，一张脸却红通通的，带着羞涩。小一点的也站起来问我们口渴不，家里有现成的凉开水。她的眼睛比姐姐的要大，更黑，像清澈的潭水。同行的朋友举了举手里的矿泉水瓶子，道了谢。她便笑了，露出一口白生生的牙齿。招呼完了我们，她俩继续趴在水泥板上写作业，有个字写错了，需要拿橡皮擦掉，翻开铅笔盒来，却是满满一铁皮盒子的山菊花。拥着，挤着，释放出山野浓郁的清香。

突然，一种莫名的感动盈满心怀。如果你所热爱的是柔软的，世界也是柔软的。转山回来，我习惯了空手而归，不带走一草一木，却总觉得芳香满心。

三

有了泉，一座城市就活了。有了大山的滋养，有了那些高洁雅士的熏陶，还有亘古至今文化的传承，济南当真是得天独厚。

从解放阁出发，路经黑虎泉，趵突泉，珍珠泉，一路沿着水，跟着水，就到了曲水亭街。人从小巷内转出，突然眼前一亮：一泓清泉从谁家围墙后闪身而出，像调皮的孩子猝不及防地跑到你跟前。它哗啦啦一路欢歌，打着旋儿，冒着泡儿，轻盈地穿街走巷，溅起几朵水花，算是跟你打个招呼，不待你明白过来，它又清亮亮、活泼泼地流向远方去了。这一路走过来，人可以轻轻舒一口气，吐出胸中的浊气，吸进这清新的水气。

整条街不长，左边是溪流，右边是小河，光是水，就占去了街面的一半。河里的水草，拉着长长的丝线。岸上垂柳依依，穿行其中，只觉得街道曲折、胡同狭窄、民居低矮，门楣简陋，台阶上苍苔遍布，院墙房顶上秋草枯黄，一幅古意迷离的图卷在眼前铺开。多年前，一样清凉的水雾，一样橘红的暮色，我们的词人吟道"常记溪亭日暮，沉醉不知归路"；一样的旧家燕子飞绕，我们的诗人写下"东风荡扬轻云缕，时送潇潇雨。水边台榭燕新归，一口香泥，湿带落花飞"。往更古走去，一个名叫"舜"的原始部落首领就在这一代诞生、成长。还有扁鹊、房玄龄、李清照、辛弃疾等，这些名士或者生于斯，或者长于斯，泉水滋养了众多的"济南名士"，众多的"济南名士"让这方水土多了更多灵秀之气。时已黄昏，一轮安静的落日斜依在山墙上打盹；合抱粗的垂柳深处传来鸟声。最南面一家住户的门前，摆放着几盆秋菊，正开得茂盛。黑油的木门半掩着，一位老人从庭院中走出来，拿个脸盆，脖子上围了条毛巾，在溪边洗脸。擦了把脸，看到我们几个的装束打扮像是外地的，热情地招呼在门前的石凳上坐一坐。

也确实走累了，我们几个坐下来歇息。坐着聊天的工夫，小街上多了一对情侣模样的人。男的一路抱着女的亲了好几口，女的半个身子几乎都吊在了男的膀子上。走到跟前，我们和老人停下话头，看他们走过，老人把脸盆中的水"哗啦"一下泼了出去，脚跟脚的距离，差点溅到男女的衣服上，他俩回头看了一眼，大概是自己觉得刚才的举动有伤风化，没作声，赶紧走了。老人说："我最看不惯这模样的……"我们彼此会心一笑。古朴的风气还被谨守，那泼洒出去的水，叫人痛快。

四

再来曲水亭街，是特意造访。这一天从清晨就开始下雨，直到中午时分才略微小一些。这次我们是从大明湖方向过来，由北向南行走。柳枝依旧葱茏，树干比之八年前更粗壮了。这些树，从夏天开始就飞黄叶。一阵风吹过，总有一些叶子洒落在青石板上。时间有意无意地停留，日子就这样被埋伏进了记忆。

童年时代，祖父的家紧挨着一池水，水边有几株柳树，小树不高，分杈，很容易攀上去。多年以前，我乐于拨开重重的柳叶，去寻找一张倒映在水中的充满稚气的脸；而若干年后，我带着寻找的夙愿，忐忑地拨开人流，却不知道能否如愿。

古老的街道仍在，一侧的小溪却已经被水泥板遮盖到了地下。路面显得开阔了些。两侧的民居，很多都被改造成了店铺，经营脸谱、字画、纸扇等工艺品的，开茶馆的，开饭馆的，卖粗布家纺的，不一而足。一间一间看去，倒也别有特色。比如有一间铺子叫"零伍叁壹號"，厚重的木门半掩，隐约可见半幅印着"为人民服务"的布帘子。其余的则大多是灰瓦白墙，门两边有名号、对联，诸如"明河见影""清泉韵诗""泉甲天下""人间仙境"等等，看情形，是统一规划的，要发展成商业一条街的样子。朋友说："以前一到夏天，这里很多露天烧烤摊，很热闹。现在取缔了，因为怕污染环境。"确实，这泉，这柳，这街担不起太多的喧嚷。快到中午时分，有些人家在准备午饭了，看到一个小伙计端着一盘鱼送到不远处的方桌上。大老远就闻见一股葱香味儿。小方桌上已经摆了好几样菜蔬，蒸的，炒的，酱的，很富足的一桌。六七个街坊围坐在一起，每个人的杯子里都倒了酒。靠着这河，热热闹闹地吃饭。雨丝让日子变得格外有了一些悠闲。六七个人，有老人，也有年轻一些的，聚在一柄大阳伞下，俨然是一个热闹的大家庭。伞上是垂柳，伞外是雨声和流水。我特意看了看，没发现几年前的那位老人。

和朋友慨叹这些年来的变化之大。直到走到街道尽头，才发现了昔年的那一脉清流，依旧穿街绕巷地奔流而出，还有着旧年的样子。紧挨着溪流的房舍还在，黑油的大门紧闭，不见有人迹来往。大门两侧倒是干干净净，没有加上任何标语口号。左侧，一架丝瓜顺着竿子向上攀援，有花苞鼓起，相信不久就能见到黄茸茸的花在风中舞动；右侧，是两盆草花，经了雨，脆生生地开着。门前的石凳还在，而那个热情淳朴的老人却不知道哪里去了。不知道他是否健在，过得可还舒心？论起来，他和我祖父的年龄相仿。几年以前，祖父走了。房子西侧的柳树被人砍掉，池塘也干涸了。从此以后，大地的眼睛关闭，只把温润的呼吸留在了我的心里。这多么让人惆怅。

这么多年过去，终于明白，时间是一剂腐蚀剂，很容易让事物面目全非。雨势渐大，我们往回赶，看雨雾中的古街，有炊烟黏附在谁家的屋脊上，久久不散。火焰没有了，温度还在，相信它会在某一时刻温暖一个曾经路过的人。

旅行南方

一个人走路

　　除了生养我的小镇之外，我很少在其他地方停留太久。不过，我喜欢旅行。我一直在寻找一个地方，寻求一个时间的安排，让自己过得舒适合意。去过的地方多了，有的让人惊喜，就像遇见一个身处异地但心灵相通的朋友，我们彼此能迅速找到对方的频率，跟上对方的节奏；而有些地方让人沮丧，任凭怎么努力，它还是它，你也还是你。

　　把在本地的记忆放到旅途中去回忆、挣扎，在窗外的风景变换中你会发现并不明智。列车上，各种口音混杂，烟雾缭绕。彼此的注视面无表情。金钱和银行卡被放在最保险的地方。旅途中的戒备之心仿佛与生俱来。把手黏糊糊的，仿佛来自二十世纪某个厨房。多尘的靠背只能让人在极度困乏之际小睡一会儿。列车在大山里拐弯，从一个隧道进入另外一个隧道，整齐划一的行道树，没完没了。车视 TV 里正在播放外语片。英文对白，中文繁体字幕，既考查大家的外语水平，又检验大众繁体字掌握情况。大致内容是暴力与反暴力，掺杂了科幻和血腥。女演员的尖叫声从一个山头徘徊到另一个山头，让年轻的恋人和失意的诗人再也无法抒情。

夜晚是个不错的选择。当月光消失，星辰暗淡。客车的速度快到无法看清对面的标识牌。你看不清它的内容。高速路四通八达，似乎可以通往任何地方。让你对未来既无知而有知。这好像很矛盾。事实上你是知道目的地的。票据就在你的兜里，目的地在车前的标牌上写着。但夜太黑，你看不到。此刻，所有适合黑夜生活的生灵都在自己的领地忙碌。忙着搬运、挖掘，舒适惬意并且热汗涔涔。车厢里，人类中的某些个体也在蠢蠢欲动。有一个合意的男人或女人，有一趟足够远的列车，有一段温度得当的交谈做铺垫。然后，暖气关了，天冷下来。男人拿着一条包被走到近前，关切地盖在女人身上。女人，不，确切地说是女孩，张开眼睛，笑了笑。得到默许，男人开始触摸她，热切的，温柔的，手游走在她的身体上。

我说的是杜拉斯。那年她十六岁。时间是一九三〇年。她从西贡回法国，旅途中遇到的那个男人三十岁左右。这是开始，也是结束。中国知名的女作家中还没有一个人敢于记录这样的故事，即便真正遇到过。记录需要勇气，也需要兴趣。

事实上，高速路既无所不至，但又仅仅只通向一个地点。无论你何时动身，从哪里上车。

有一年我到南方。从商场出来，叫了一辆三轮车，送我回住处。仿古的黄包车很舒服，比一般车子高。傍晚的余晖倾泻下来，把车辆、行人、楼宇一起包裹在金色的光晕里。晚风吹拂我的裙子，吹动我的头发，像爱人的手抚过我的脸颊。褪尽了暑热的城市在此刻卸下盔甲，露出本色的肌肤。我喜欢这个时候在异乡的黄昏里走一走，像一株植物，伸出茎须去触摸它，感知它，回应它。少了光天化日之下的隔阂。

你我能迅速融入一座城市，未必能真正走进一个人的心。如果人的记忆注定属于前半生，那么，后来人的出现其实真的没什么意义。

古老的栖居

客车的速度大约是每小时百里。早晨七点我在扬州一家小店里吃干丝，中午十二点就能啃到山东的玉米。指定饭店的玉米，每个五元。在离此不足百米的市场上，每个玉米五角。这种事对常出门的人来说不值一提。饥饿总会促使人们打开钱包。口腹之欲其实最单纯，也最容易满足。当胃肠被填充之后，之前所有的焦灼和不适都消失了。理智开始恢复。人们开始打量周围的环境，观察同行者的举止，揣摩他的身份，或者，看着窗外的天空，谈笑风生。

一个流浪汉从车旁边经过，裹着一件看不出本来颜色的衣服。他看看人们，看看城市，他不知道他发生了什么事。有时候，在城市的偏僻处也能见到他们的身影。手里拿着一两件行头，闷着头赶路。汽车的喇叭响一下，他抬头看一眼，笑一笑，投下意味深长的一瞥，继续走。

抛开他们的故事不谈。其实"流浪"这个词对男人有着极大的吸引力。男人天生有一双翅膀，就是为远行他乡做准备的。他们从小就不安分，时刻准备一飞冲天。尤其在年少时候，远方的风景召唤着他们一步步脱离现实，即使摔打得体无完肤也在所不惜。他们四处游逛，漂泊，不和任何人通信，过年过节也不会发一张明信片给自己的亲人。人们称他们为"旅行家"，或者"流浪诗人"，这样的名头他们乐于接受。但忽然有一天，他开始给母亲写信。他寄明信片给自己的朋友，告知自己的行踪。后来，他竟然买了一处房子，他定居下来。原来，他恋爱了。他有了一个心爱的女人。

事实上旅途中有一对恋人一直在谈论房屋。女孩子是南方人，她说北方人把买房子当作头等大事。人们的理想是有房，有车，有钱。生活是这种情状；而她的故乡，情况恰好相反，人们先赚钱，然后买车，房子问题并不重要，只要能住，不在乎面积大小。整个过程中，男孩子很少说话，必要的表态除外。男孩子是北方人。这次他们去南方开证明，为婚礼做着最后的准备，其中之一就是买房。

　　传统的观念中，房子是男人的。因为男人有强壮的身体，有足够的力量，为自己的女人遮风挡雨。男人提供房子，至于里面存放什么东西，怎么布置，如何开支，如何和邻居相处等，这些都交给女人。房子是男人的，家是女人的。

　　能盖房子的男人有一种魅力，仿佛与生俱来。我不知道别人是否也这么认为。那一年开春，我家整理地基，雇了一些工人来推土。其中有一个年轻人，个子高高的，脸孔黑黑的。他不大爱说话，但对我所有的问题都知无不言。每天早晨，他都来得很早，在存放工具的房子里，风还是冷的。别人还没赶过来。他就低头整理自己的车子，拿着一把锤子对着铁锹敲敲打打，眯着一只眼睛看看车轮是否偏了。他爱护自己的工具，他爱自己的工作。那时我有十一二岁吧，对这个世界的认知只局限于自己的村子。我不敢确定自己是否喜欢上了他。但他至少影响了后来我对男人的选择。游手好闲的男人不会去爱惜别人。

　　也是那一年，村里许多人都开始盖房。有人用红砖，有人用土坯。有一户人家请来鲁北的一批工匠来。他们用麦草掺入泥土，掺匀了，把泥巴一层层码在墙基上。码半米左右，晾干，再码下一层。一场大雨后的早晨，我听见窗外传来凄厉的哭声。跑去一看，眼看要完工的房子在一夜之间坍塌了。男人一屁股坐在泥水里，哀哀地嚎哭。他的脸黑瘦黑瘦的，像一片窄窄的韭菜。泪在他脸上纵横的沟壑里蜿蜒，落在一塌糊涂的泥地上。新打成的房梁歪在那里。"立柱大吉"的对联被雨水冲洗得面目全非。他的女人闻讯赶来，拍打着大腿骂男人无能。她不恨拙劣的匠人，她骂男人，那天早晨她觉得骂得理直气壮。

天晴之后，工程重新开始。男人依旧坐在主人的位置上和客人推杯换盏。女人在灶间忙碌着，进进出出。她的脸上渗出细密的汗珠，当房子重新开工，她心甘情愿地扮演着次要角色。其实一直都是这样。女人的任务就是操持家务，生儿育女，忙碌田间的农事。在等待饭熟的间隙里，她也会偷空攀着一堵矮墙，和邻居交换着另外一个女人的传闻。汗珠 ·滴滴地落下来，神秘地、无声无息地落进土里。

给了房子，男人就解放了。有了房子，女人就会想方设法爱上它。在既定的空间里，规划、打扫、做小小的变动。从早到晚，直到这所房子后来也染上了她的气息。所有的幸福、悲伤、快乐和抵牾，一点点渗透进她家的门楣、窗棂、家具乃至家禽家畜。女人的乐天知命常会因为一所房子而显现出来，她的固执和专一也会随着岁月的老去而更加深刻。我在江苏一所小城，看到一座窄小的院落。梅雨正好驾临这座城市。她的台阶上、外墙上，青苔丛生。七十多岁的阿婆在潮湿的门洞里安详地坐着，脚下的白瓷盆里放一把鲜嫩的豆角。十点多，她开始准备午餐。蜂窝煤炉发散出来的青烟缭绕在雨雾里，豆角在油锅中嗞嗞啦啦地响。一切有条不紊。她不肯搬迁，也拒绝孩子们发出的同住的邀请。她和房子一块老去。

由北向南，我见过山里的石屋，海边的茅屋，见过北方宽敞的四合院，也见过江南的灰瓦白墙。今天，越来越多的人涌入城市，住房问题已经成为许多人一辈子的努力。他们每月在银行按揭，花明天的钱，满足于拥有一座凌空的楼阁。远离了土地和树木的庇佑，他们用钢筋水泥来存放自己、安慰自己。还给自己的住处取了一个个美丽的名字：叫某某村、某某居、某某屯、某某山庄。

这似乎能证明，他们并没有忘本。

送你一株幸运草

有一种小草我们叫它"护盆草"，生着细细的茎，春天里举起一簇簇绿绿圆圆的叶子，夏天起开出淡黄色的小花，边开边结果。一串细细的荚，一碰，里面就会弹出黑色的种子，轻盈地飞落到地上或者粘在人的襟上。

每日，在成堆的书卷中抬起头来，暗淡的目光常常被这星星点点的黄点亮。

那是一次大检查之后的喘息期。我忙着将桌上厚厚的四摞作业批完，心里着急，可是手下懒散。两只眼睛看日记，两只耳朵听同事闲谈：关于吃饭穿衣赚钱买房，关于这个清淡的职业永远不能富裕云云。在一大群女人的叽叽喳喳中，间或传来几声男人的慨叹，说曾被某人邀请去赴宴，吃了什么什么，花了多少多少，结论是别人一顿饭几乎等于我等一月薪水。

手中的笔虽然不停，心中到底有些忿忿。

一枚精致的书签就是在那刻从我手中的笔记本中滑落的。是一株四瓣的小草，很像护盆草，被一双巧手用透明胶护得妥妥帖帖，整齐精工。急忙看日记里的文字，才知道是一个叫如月的女孩特意送给我的。她说这草有个动听的名字：幸运草。她说在草坪里找了很久才找到，送给我，祝敬爱的老师永远幸运！

怀着一份莫名的感动，我仔细打量手中的书签，绿色的小草油油地散发着清新，初夏的滋味包绕在我的身旁。

送我幸运草的孩子学习并不出众，在我们这个以抓成绩为主的实验班里普通到可以被大家忽略。那么，这份深深祝福背后我的付出是什么呢，是她的日记中我给予的鼓励？是那次面对她遗忘作业后的宽容？是对一个曾如我一般羞怯孩子的肯定？还是那夜走廊上我对这个懂得上进的孩子期待的眼神？

也许是，也许都不是。但无论如何，刚才还在苦闷中纠缠的心灵忽然感到前所未有的轻松，这就是幸运草带给我的快乐吧！你看，生活是个多么神奇的魔术师，即使有再多让人溃不成军的理由，可总有让人继续下去的力量支撑着。不是吗？

生活的方向

　　没注意从哪天起，小区里多了一位租房住的老人。他个子不高，黑黑瘦瘦的，六十岁左右的年纪。经常骑一辆电动三轮车进进出出，车斗里带了笤帚、铁簸箕，有时穿着黄色的马甲。哦，他是一位清洁工人。

　　清洁工一个月一千块左右的工资，用这些钱来租房子住？不合算。是儿女们替他付房租？也没见有亲戚朋友或者儿女来看过他。也从来没见过他笑，由那张脸派生出来的喜怒哀乐的表情，似乎统统都还了回去。剩下的，只是四时交替所沉淀下来的严肃。

　　也没见他和别人打招呼，很孤僻的一个人。活到这个年纪的老人，其实无论什么神情性格，都自有他的来历，都不奇怪。小区里的租户很多，走马灯似的。有来陪孩子读书的，有来给儿子媳妇照看孩子的，有做生意的，还有专门为了躲来这里待产的。大家都有故事，看得多了，反而没有了探询的冲动。但对这个老人，总感觉他有些与众不同。

　　进出小区的道路，被大车压了个坑坑洼洼。后来，有人撒了两车石子填补，表面上看，路是平坦了不少，实际上远不是那么回事。石子和原先的柏油路面根本不搭调，轿车走上去，唰啦啦响；自行车和电瓶车骑上去，不仅响，人也时常摔出去。打滑嘛！每天上下班，嘴里诅咒着，心却暗暗祈祷，如同高空走钢丝，千万别摔伤了就好。在这样的背景下，突然有一天，发现道路的大半被清扫出来，虚浮的石子被堆积到一边，泡沫被撇去，见到了道路的筋骨。骑车的人从此有了方向。行到此处，揪着的心突然一下子放下了。是谁做了这件好事呢？问过早起锻炼的同事，说就是那位租房子的老人干的。此后，再见到他，虽然他依然一脸严肃，依然从不打招呼，但我心里暗暗多了一份感激。

他租住的院子在一排房子最西边。一间，独门院落。春天的时候，院门两侧的泥地被他用白色的丝绳网了起来。地上的方砖，也被隔成了一个一个的格子，让这个小院的四周顿时神清气爽。我想：这是要种瓜菜的节奏吧！其他的租户，都种过瓜菜的，一茎丝瓜，累累垂挂；或者扁豆，爬到满墙都是。但是，他不。他的三轮车斗子里，带回来的全是花。

春天栽迎春花。一茎茎褐色花枝，栽在红砖墙边并不起眼，某个清晨，突然就绽开黄色的花苞。嫩嫩的一团明黄，看得人心头暖暖的。初夏换成月季花、太阳花。月季花，栽在院门的东西两侧，左边是粉黄色，右边的一株是粉红色，贴着有些老旧的砖墙，在灰色的水泥背景下，开得娟然柔媚。太阳花呢，泼辣！夏末，换成步步登高，红橙黄紫，各色的都有（得花多少心思）。秋天，车斗里带来的是菊花，一直开到秋霜浓郁，兀自亭亭。这个有些破旧的院门前，从春到夏到秋，依次上演着多么完美自足的演出。

抱着孩子的人、挺着便便大腹待产的人、上班路过的人，经过这个小院时都喜欢停下来，看看那些花，或者守着这些花儿谈些家长里短。孩子的脸，大人的脸，笑盈盈的，也像一朵花。偶尔也夸奖这个院落的主人，但别人夸奖他的时候，他大多都不在场。他去上工了。

见过另外一些人，他们热衷于在微信圈里传播食疗的帖子。今天吃鲜姜，明天泡豆子，一有空就抱着公园里的树拼命晃头。他们是怕死。还有一些人，奉行"撞一天钟就有一天钱"的信条，他们活着，怕少领了国家的钱。一个人究竟如何活法，本来无可厚非，但人生一世总得讲究一点什么，总不能越活越逼仄吧？相比之下，也有一些人，不经意间做出的事情常常让人心头敞亮，从而对这个世界刮目。比如屋子的主人老了，但里里外外，依然收拾得整齐有序。比如默默替乡人扫出一条干净的路，或者为陌生人在门口装一盏灯，或者就是在院门外栽种一些时令花草，并用这样的语言告诉你：他并非苟活。

相逢不用忙归去

入了夏，路边卖水果的摊子忽然冒出来好几家。

晚间散步回来，总要捎带买点水果，一来二去，有个水果摊就引起了我的注意。摊主是一对三十多岁的夫妻。他们下午五点出摊，晚上九点收摊，准时准点。出摊的时候，先摆好铁架子，铺上帘子，盖布，再把各式各样的水果摆上。这一套做得有板有眼。水果呢，娇贵的、新鲜的，摆在显要的位置。皮实的，放在地上。大个的西瓜，瓜皮油绿，从外地运来的，就放在车斗里，用粉笔写个牌子：一元一斤。妻子有时不来，最常留守的是男人。

"香蕉，香蕉，甘甜的香蕉，两块五了啊！"公路对面的小喇叭不断重复着，从下午五点到九点，不歇气地响着。对面的摊子上摆了一长溜香蕉。这个人呢，坐在水果摊后面的马扎上，听评书。

"无量佛，什么人！"

"张天杰一转身，用铁拂尘一扒拉……"

他听单田芳，有时是《白眉大侠》，有时是《大明英烈传》。顾客们你来我往，他起身，帮人挑水果，过称，算钱，不疾不徐。

"不好吃啊？不可能！我四点多就去市场提货，挑的，都是第一批里最好的。"语气里透着一股子自信。

"人生在世天天天，日月如梭年年年。富贵之家有有有，贫苦之人寒寒寒。升官发财美美美，两腿一蹬完完完。"

他给顾客挑西瓜，一边挂心这样的句子。在一大堆光鲜的时令水果中间，他的脸上露出会心的笑容。

"马有垂缰之义，犬有湿草之恩。羊羔跪乳报母恩，猿偷仙果自奔。蛛织落网护体，鼠盗余粮防身。梅鹿见食等成群，无义之人可恨！"

他把一个西瓜放进提篮，嘱咐一位老太太："瓜不熟，您给我送回来！"

很多时候，路过他的摊子我都会放慢脚步，留心一下听到了哪回，或者看一看这个卖瓜人的表情。我买过几次西瓜，都熟得挺好。认识了，也会简单打个招呼。

"散步呢？"

"是啊，今晚生意挺好啊？"

"还行吧，够吃饭就行……"他对生活的要求不高，够养活一家人吃饭就行了。有一回听一个买瓜的问他，生意这么好，怎么不扩大一下规模。

"嗨，你看我们村那谁，光顾做买卖了，整天累得跟烂蒜头似的。挣那些钱，生不带来死不带去的，有什么用？评书里不说了嘛'升官发财美美美，俩腿一蹬完完完'，没意思！"

说完，他和那个买瓜的都笑了。

夏夜的灯光，洒下一地橘黄。水果摊没有单独点灯，就着路灯光，那些水果格外显出了一种安详的光晕。顾客们，三教九流的都有，散步的人们过去之后，路上行人渐渐少了，再来光顾的就是夜间下班的——

做建筑活或者做劳务的，还有在区里搞建设的外地工人，肩上搭条毛巾，几个人凑钱买个西瓜，在他的摊前切开分吃。他就拿了马扎，跟这些人边听评书边闲聊。

砌了一天墙，拉了一天货，那些人想必累了。他呢，早间去提货，晚上盯靠到九点收摊，想必也是辛苦。听评书有什么好处？能驱走疲惫还是带来收益？我不知道。反正有顾客或者没顾客、冷或者热的时候，常常看见他守着收音机，在灯下的身影。

不知为什么，我总觉得那种倾听里，有一点与众不同的东西。"真正的平静，不是避开车马喧嚣，而是在心中修篱种菊"，在一阵阵"香蕉，香蕉，好吃的香蕉"的喧嚷里，在同行们锱铢必较的吵闹里，他的脸上写着一点澄明。让人感觉，红尘之外，有江湖，值得人虔诚追随。

第二辑：圆荷浮小叶

春消息

　　过了立春，心里就像生出了一双翅膀，痒痒的，总想飞。

　　换一双轻便的运动鞋去公园，看看垂柳的枝条，似乎是变黄了，明天呢，明天就该绿了一些吧？你盼着。可是第二天去看，还是黄焦焦的颜色，它们不急不躁，仿佛是个经验丰富的画家，心里有谱。知道真正的泼墨写意画要到仲春之后，而现在刚起头，所以他沉得住气，端着一只紫砂壶，呷一口茶，描一笔，很悠闲。

　　温度是纠结的，犹如一对经常吵架又舍不得分手的恋人。今天冷得透骨，明天的大太阳又热得让你恨不得穿着秋衣秋裤出去跑个十圈八圈。于是棉衣就一会儿收到衣橱里，一会儿又被拖出来裹到身上。也有不怕冷的，那天看见路边的烧烤摊子支起来，老板穿着棉衣，一手拿蒲扇一手拨弄炭火，几个顾客在一旁坐等肉串上桌，同样穿着棉衣瑟缩着，不知道是享福还是受罪。

　　对于每一个怕冷的人来说，寒冷始终是一场灾难。下了晚自习，寒星寥落，疲惫与冷寂双重侵袭。一个人走到黑暗的车棚里，摸索出钥匙骑车上路，天冷人稀，总显得楚楚可怜。回到家，要在房间待足半个小时，才得以舒展。离睡觉还有一段时间，于是扭亮台灯，看卡佛的小说。《你们为什么不跳个舞》中，那个把所有家具都当旧物便宜处理掉的男人，是因为绝望还是别的什么原因？《大众力学》里，孩子究竟怎么样了？被这样的疑问牵引着，卡佛在前面跑，读者在后面追，大量的省略和空缺，让原本简短的故事变得有了枝桠和花朵。跑着跑着，作者不见了，读者站在分岔路口，迷茫着喘息一会儿，自己确定一条路，继续跑。真喜欢这样的作家，他很聪明地留下空白，让你去添加。木心说："会当身由己，婉转入江湖"，读优秀作家的作品，滋味大概如此，读着读着，你情不自禁投身其中，也成了参与者，然后看到他在远处笑，样子很和善。

春夜不妨读一读猎奇的书，在文字的天地里左突右奔，做一次精神上的瑜伽。滋味同样酣畅，通透。

楼前的建筑工地换了一个看门的老头，还是住在原来的铁皮屋子里。过完年，老太太也跟来了。老太太一来，整个铁皮屋子的气氛就有了变化。先是在屋子前围了一小块地，虽然没种什么，却已经被分成了好几块，很有规划的样子。后来，在电线杆和铁皮屋子之间扯上了绳子，晒衣服，晒被褥，花花绿绿的，死寂了数月的工地有了色彩。工地前面原本是一道铁栅栏，经过风吹雨打，生了许多锈，自从老太太来了，铁栅栏的几处就被擦干净了，不时晾出几双鞋子，鞋底朝天，倒扣如船。鞋子晒出来，是早晨；鞋子收起来，是傍晚。时间被寻常生活牵引，生活被一双刷干净的鞋子牵引，缓慢行走。住什么样子的房子不重要，赚钱多少不重要，重要的是这样的日子有趣味，在一起。

又一日，在铁皮屋子前面的空地上多了一个柳条筐子，走近一看，叽叽叽叽地竟是挤着一群嫩黄的鸡雏。顿时觉得眼前一亮，似乎这春光也格外温柔起来。

走过去跟老太太打个招呼，得知她养鸡是给正在上学的孙子补充营养的。

"您孙子多大了呀？"

"上高中了，一个月才回来一趟，我盘算着养十二只，就够他吃一年……"

"孩子吃了这鸡肉，肯定能考好！"

老太太一边乐呵呵地答应着，一边把煮过之后的小米捞出来，盛到盘子里，准备喂鸡。

小铁皮屋子内外，洋溢着袅袅的米香气，看似逼仄的日子，就在这绵绵的烟火气中一步步走出了长久和开阔。

从雨水到惊蛰再到春分，北方真正的春天也就那么几天。而现在，春寒料峭，春天的笔触犹豫着，非常慎重。去年的荠菜隐在草窝里，头上已经挑出了细细的花茎，也攒了一小簇花，却是似开未开的样子。荠菜好吃要等到清明时分，一场透地的雨后，噌噌地长，叶子长开了，鲜嫩嫩的，好吃又好看。那时候，花儿们也盛了，先是浅淡的杏花，做不经意的点染，然后是桃花，粉红色，一嘟噜一串串地明媚着。等到花褪残红，距离初夏也就不远，那是后话。

也想到了另外一间小屋。在电影《肖申克的救赎》里，安迪被关禁闭三个月，那一间小屋，暗无天日，没有窗户，没有灯光，没有时间，没有床铺，没有可以交流的同类，只有满满当当的寂寞和孤独。人家问：你怎么能忍受得住？

"有莫扎特陪着我"，安迪幽默地回应。

不禁感叹：拥有，真的是一件多么丰盛而又骄傲的事。拥有孤独，你便学着去享受孤独。把厚重的苦难之门推开，不哀怨，不咆哮，听从自己内心的声音。让静寂的天籁荡涤心灵，如同禅寺的晨钟暮鼓，给人一种警醒的自觉。拥有音乐，你便用它来抗衡枯寂。孤单还是孤单，旋律却能如水一般淹没它，清洗它。让它们，做璀璨的群星，闪耀在每一个寂寞阴冷的日子里，恰如初春，虽然乍暖还寒，却又带给人间无限可能。

美使我们沉默谦卑

迄今为止，蒋勋的文集有了五册了。这些年来，他以文章、画作，深入浅出引领人们走进美的殿堂。当下这本《此时众生》是他一系列该类著作中的一部。五十篇散文，每篇千把字，从"小满"到"立夏"，写作时间贯穿一年。体裁多随笔，取其随意、自然之趣。作者随手记下所见所想，流畅自然，美学理念贯穿其中，美术常识的普及亦时时有。

他写退潮："很细很细，像蚕在夜晚吃食桑叶的声音。水慢慢在沙里渗透，像是沙漏里流逝的时间，点点滴滴，娟娟细细。"

他写鹭鸶的降落："雪白的张开的翅膀，浮在空气里，飘飘摇摇，好像微风里无心落下的一片白色花瓣，在空中犹疑摇摆，不知道要到哪里降落。"

写飞絮："果然有行人停住，抬头仰望，举起手掌去承接。种子也仿佛听人召唤，温驯如鸟，带着螺旋桨翼的翅膀，静静旋转，降落在行人的手掌上。"

这样的句子总让人首先想到，哦，他是一个诗人，所以笔下才有这样诗意的表达。其次，他才是个美学家，善于见微知著，化腐朽为神奇。

关于美，他这样解释："全力以赴的专注，使生命凝肃成一种美，一种雕塑的美。"读到这里，你有没有想到那些著名的建筑：罗马斗兽场、帕特农神庙、凯旋门、万里长城、龙门石窟里静穆端然的佛像？或者起跑线前凝神的运动员，母亲递送到婴儿嘴边的蛋羹？甚至只是一个钉鞋师傅笃定的敲打？

他说："许多生命中的美，并不是物质，没有实际利益，但是，情动于衷，留在记忆深处，久久不能忘却。"这样的句子有美学的解释，也是智者的发现。

关于"众生"这个概念，在这个文集中不仅仅是指"众多的生命"。在蒋勋的另外一本书《美的沉思》中，提到北魏壁画时，有这样一段话："'舍身救鸽''投身饲虎'，北朝的壁画，描写了又痛厉怖惧又崇高庄严的生命情态。人不再只是放在人的世界里讨论，而是放在'生物的''动物的'世界来讨论。这里哀悯的人生，不再是汉代在儒家人情之常中的人生，而是与虎、鹰、鸽、鹿并列，等同看待的'众生'。儒家的人伦世界被扩大了，人被放置在所有的生命中来重新考察。"

这段话，我想，可以帮我们领悟在蒋勋笔下"众生"的含义。一片叶子，一道波纹，不仅仅是肤浅的表象，作者通过它，通过这道桥梁，带领读者前行到彼岸，去体会最困暗的底层，去追念那惨烈华丽的光焰。

生活中，多重角色集于一身，文字却是平和冲淡，是很让人在纡徐中，读出一种生动与从容的。他多写窗外景象，如《秋水》，如《回声》，如《品味》，如《布衣》，由眼前之景写起，再展开，或者追思，或者联想想象，以日记体的形式，亲切自然。所要阐述的观念更容易入心。文字典雅。书的首尾都有他的画作，风格如同文字，呈现淡雅之美。

他写满山红叶，"但是，也让自己领悟：我们看到的，其实不是色彩与光的变化，我们是在一弹指顷，看到了千千万万生死变灰，刹那间我们听到了洪荒以来自己每一次重来与离去的哭声。"到这里，景致已经不单单是景致，也是前世今生。

　　每天，我们与众生邂逅，或擦肩而过，或有了更深入的交集。无论结局如何，因为有了美，便多了继续前行的理由。如蒋勋所说，"通过美，我们再一次诞生，也再一次死亡"，生死明灭间，充满丰富意趣。

每一回首处

下午，时针过了六点，就再也不能沉溺于其他的事情了。不管手头上正翻看多么吸引人的小说，或者电话里的朋友正说到怎样的紧要处，我都必须尽快脱身出来。作为一个妈妈，我清醒地知道，那时我的阵地应该在厨房。

六点二十分左右，楼道里会准时响起一阵脚步声，轻快，有弹性，有时会伴着歌声。钥匙转动门把手，"砰"，大门被关闭的同时，书包扔在沙发扶手上；"当啷"，这是钥匙落进储存杂物的铁皮盒子里；"乒……乓"，这是两只重量级的运动鞋落地。"我回来了！"最后这爽朗的一声，带着卸下重负的愉悦，标志着进门动作全部结束。

"饿不饿？中午在学校吃了什么？"我拉开冰箱门，取出几根丝瓜。

"还好……"人进了厨房，照例探询一番，叼一串葡萄或者啃一只苹果，一边咀嚼一边去做他的事：翻看杂志，拍拍皮球或者上网冲浪。晚饭前后，是这个中学生最惬意的时光。

这个暑假，三口人各忙各的，只有吃饭的时候，大家才聚拢在一起，谈谈今天各自的见闻感受。然而这一次，拿了食物的他并没有转头离开，而是将眼睛望向窗外，话却分明是冲着我说的：

"妈，咱养一只宠物吧！养一只狗？"

"不养！太脏了。你知道，它得吃喝拉撒睡，住在楼上，你让它去哪里拉屎、撒尿？夜里它会吵，身上有气味，掉一地狗毛……"

"那，养只小猫总可以了吧？"

"也不养。猫不如狗忠诚。"我一手拿丝瓜，一手拿刀子，快速削掉丝瓜皮，头也不抬。当妈妈的总有经验，有足够的理由把他的希望扼杀掉。关于养不养动物的讨价还价，已经不是第一次了。

"但是啊，你抬抬头看看……妈，你快看啊，它多可爱！"听见他说得迫切，执着的邀请里有一份盛情难却的意思，于是，在切菜的间隙里抬眼一望，果然看见一只黄色的小猫，在楼下的木板上惬意地仰卧着。暑假里几场透雨，楼下空地上忽地长起了一溜菜棵子，苘麻、车前子、龙葵等一片葱茏。小小的猫，带着初生的稚气，隐藏在绿叶丛中，显得格外惹人怜爱。

"刚才，它做了一个后空翻。就是这样……"少年做着表演，眼里闪烁着兴奋的神采。似乎这个世界的某一扇窗户刚刚向他敞开，他有幸做了第一个观赏者。他是新来的，面对这个丰盛的世界，他开始认识了一种叫作"自然"的东西。

"是啊，真可爱。可是，养猫也需要……"我准备了一篓子的话来封住他的念头，还没等倒出来，他却已经叹了口气："唉，算了，妈妈。"少年转身走出了厨房，留下我一个人在案板前发愣。

从什么时候起，我变得这么麻木不仁了？

儿时的小学校，上课有朗朗的书声；下课之后的游戏时间，漫长得足够从村南走到村北。老师踩着一架破旧的脚踏琴教我们唱歌；吹着哨子，领我们去田野撒欢。我养鸡，养大白鹅，养蝌蚪，养泥鳅，养一条漂亮的黄狗。它从小就跟着我上学，看我走远了再折回家。放学之后热情地从院子里跑出来迎接我。它是最亲密的伙伴，最忠实的朋友，可是现在，楼房一座座拔地而起，每个人都有做不完的事，只要上班，就像打冲锋战。电脑几乎全天开着，收发邮件，查询上级发出的信息；手机里，总有从四面八方飞来的短信，各式各样的提醒。应酬，圈子，圈子和圈子的交汇处带来更多的交集。必须融入啊，你站在涟漪的中心，茫茫然，觉得自己似乎是在融入，但又相去甚远。

什么时候起，你看见同龄人的两鬓开始长出白发、身体开始发福？彼此寒暄的时候，话题除了孩子的教育就是工资的多少，或者还有美容护肤养生。感慨半天，最终的结论是：人呐，终究是要回到现实的。

"你现在还熬夜吗？你的文章还写吗？你每天还拿出时间来阅读吗？"

当他们听到一个个否定的答案时，似乎松了口气，为你终于肯向现实让步。你也说：我啊，现实多了呢！

似乎，以前的沉迷读写都是不务正业，而现在，你终于回归正道。所以，在广场看到流浪汉，你有理由面不改色地从他面前的瓷碗旁绕过去。在路上看见拖着大肚子的流浪狗，你会把头避向一边。路边摆着一溜红色的捐款箱，年轻人披着绶带做着什么宣传，你没有在意。甚至这个城市哪一天的草绿了，花开了，你都没特别的感动。因为这些和职称、工资和你的生活没有直接的关联。但是，为什么，少年叹口气走出厨房的背影让你突然觉得从心底里生出许多歉疚？

你想起数年前的一个黄昏。

秋天，带着他从姥姥家回来，你特意走了一条乡间小路。你想给他介绍一下你从小就生长的地方，和那里许许多多的朋友。

叶子已经变黄，铺了一地。你骑着一辆红色的脚踏车，不到两岁的他坐在宝宝椅上。戴一顶软花边的遮阳帽。那时，他的头发和你的目光一样柔软。一笑起来，露出一排晶莹的乳牙。他是新来的，跟着妈妈出行，妈妈必须是导游，有义务和责任向这个世界的新成员介绍一切。

"你看，寒寒，叶子变黄了。"

"王（黄）了。"他跟着说。

"叶子变黄，小动物们都会换上厚衣服。"

"透（厚）衣服。"

"以后，天气就凉了。"

田野里已经升起一层薄薄的雾，虽然眼睛看不见，但是皮肤会泛起凉意。后面的小人儿没有紧跟着说话，似乎在思索，半晌之后，问了两个字：

"凉呢？"轻轻的童声，像珠子滚落玉盘，荡漾开去，撞击的余韵袅袅。

"凉……"我一时语塞。

他的世界里，"凉"是一个可触可感的伙伴吧？"凉"这个伙伴，就置身四周，好像脚踏车再蹬几下，就能见到它。

那一刻，你的心头有无限感慨，为自己在这个世界上生活多年的人竟然从来没有想过"凉"是什么。"凉"呢？春天的时候，夏天的时候，它藏在哪里；此刻，秋天来了，它又安身何处。它有家吗，有朋友吗，有一大箱子的玩具吗？你仿佛感到自己以前丢失掉了的东西，正被身后那个小人儿一点一点捡拾起来。

到底，谁是新来到这个世界的呢？

十几年后，在离家百里的电话里。

他问：下午的彩虹你有没有看？真壮观啊！

他问：午饭吃了吗？要动手，不要偷懒哦！

他问：史铁生的《我与地坛》写得真好，你读过了吗？

突然想起很多年前牵着他的手，指点着看秋夜灿烂的群星（我还记得他眸子里黑得发亮的闪光）；看他拿着两根筷子，终于将一根青菜放进嘴里；抱他在膝上，"今天啊，我讲一只蜘蛛的故事。故事发生在一个大谷仓里……"

啊！那些熟悉的句子，仿佛一粒粒种子撒在当年的小径旁边，而今，它抽枝展叶，绽开成一蓬蓬金盏菊。循着它，你重新认识这个当年的幼儿，这个如今的少年。原来成长是一件如此自然的事，没有什么一定要遵照的形象，"就如平漠上千株白杨，原来也只是一次不经心的插枝"。而生命这个神秘的命题，却又在某个关键处环环相扣，首尾衔接。于是啊，当你在他的电话声里，被迫放下手里枯燥的书本，放下没能晋职的郁闷，放下小世界里的喜怒哀乐，重新打开自己。不知怎的，心头总是盈满感动。

幸福没有榜样

搬家之后，我和一位教音乐的同事成了邻居。从此，每天早上六点，钢琴声准时从隔壁传来。乐声如水，仿佛柔声的呼唤，叫醒每个慵懒的清晨。

琴是同事家的女儿弹的。她和我儿子同龄。当我家小儿忙着和同伴摔泥巴、赛陀螺的时候，邻家小女逐渐练出了名堂，开始在大大小小的演出中露面。她家墙壁上光鲜的照片开始多起来，夸赞声也多起来。听得我心头痒痒，跟老公商量：让咱儿子也学弹琴吧。老公同意了。

老公的同意绝非心血来潮。儿子从小就表现出了良好的音乐天赋。电视里的动画片曲子，他看过几次，就能咿咿呀呀地把调子哼唱出来。上幼儿园之后，老师也夸奖他乐感好，学歌曲特别快。还有一次，去邻居家串门，先前没接触过钢琴的儿子往琴凳上一坐，在同事的调教之下，居然摁得有模有样。回来后，我趁热打铁地追问，乐意学琴吗？他说，乐意。事情就这么定下来了。

从此，每个周六下午孩子上一次音乐课，其他时间每天练功一小时。

最初的日子里，儿子是雀跃的。每天的练习也非常积极。尤其上音乐课之前，都要我早早地送他到老师家里去，哪怕排不上队，和其他小朋友一起干巴巴地坐在沙发上等待，他也是兴高采烈。

然而，当新鲜感过去，逐渐地，儿子开始疏远他的音乐课本和琴。每次练习，总想方设法磨叽半天。好不容易坐到琴凳上去了，却又一会儿喝水，一会儿尿尿，一会儿吃苹果。挨完一小时之后，关掉电源的速度比百米冲刺还快。

素来不喜欢半途而废的孩子，于是给他做思想工作：你看邻家的小姐姐，早晨六点起床弹琴一小时，天天风雨无阻，所以才有了今天的成绩。你看，站在领奖台上的她多光荣，多幸福。身边有这样的榜样，你要努力啊，否则，你的天赋就都埋没了……已是小学生的他，对我讲的这些道理已经能够听懂。

儿子能听懂。他知道抱怨和消极抵抗是没有用的，尤其是在一个执拗的母亲面前，除了选择接受，别无他法。接下来的一年，儿子确实没再表现出明显的抱怨。练琴的时间一到，他顺从地去弹。琴房里的他通常很沉默，脸上的表情也是严肃的。虽说老师布置的任务也能完成。只是，逐渐地，我发现他的曲子里缺少一种什么东西。至于缺少什么，我一下子说不出。

元旦那天，学校里举行了一次家长开放日，听了儿子一节语文课。课堂上的他表现得十分积极，听讲的时候，聚精会神地盯着老师。轮到他读课文了，声情并茂，连眸子里都有亮光。得到老师的肯定之后，他回头朝我笑了笑，脸蛋红扑扑的。听得出来，他把自己真正投入进去了——他确实有天赋，不是虚言，只是，今日的表情和眼神，是在弹琴课上我不曾见到的。

终于明白他的曲子里缺少什么了。

尽管我不希望孩子对弹琴半途而废，但是和老公商量之后，把让他继续弹琴到小学毕业的打算取消了。原因很简单：不想再用自己的执拗磨损一颗无辜的心。

新学期开始后，儿子自己做主报名参加了生物小组。每个周六下午，他最渴望做的事情就是让我陪他到乡下去。在那里，一只蚂蚁可以让他聚精会神一下午，一颗干枯裸露的树干上的蝉蜕也能让他兴致勃勃大半天。当我写下这些文字的时候，他正在我们的小院子里摆弄一只蜗牛。蜗牛，我们这片领地里最沉默的居民，正黏在一条葡萄藤上懒洋洋地晒太阳。儿子一会儿趴下身子，仰起头看；一会儿又踩到凳子上，居高临下地观察。

"妈妈，上次我的观察日记又得了一个'优'。这次，我要把观察蜗牛的日记写五个片段，老师说，写得好的可以投稿。"

"妈妈，你说，将来我是当科学家好还是当个流行歌手好呢？"他站起来，拍拍身上的土，随口向我发问。

我没有立即回答他的问题。对我们而言，"将来"还是一个遥远的词汇。遥远到可以有充裕的时间去考虑他今后人生旅程的安排。不过，经过弹琴这件事，我已经明白：真正的幸福，没有榜样。我不想再莽撞地做些什么。和所有的母亲一样，我心疼那颗敏感稚嫩的心，生怕粗糙的日子会磨损了那些美丽的情怀。至于将来，我只能祝福他。希望今后的日子里，他依然能自由地喜好，爱着，兴奋着，最终开出属于自己的独一无二的花来。

从发现身边的温暖，开始爱

九月开学季，挥别了已经毕业的学生，我又站到了新的起跑线上接手初一。人都习惯怀旧，所以正式上课前，我和同事们谈论最多的还是刚毕业的孩子们的去向。考取重点高中的有几个，普通高中的几个，技校的几个……所挂心的是那些懂事但成绩又不太理想的孩子是不是都有了一个满意的归宿。高中的课程已经开始，而我们，又要从最基础的生字解词开始，引领一批毛头小伢，展开语文学习之旅。

第一站，我打算从文学的最高端——诗歌开始。这个设想是好的，占据制高点，然后可以从容不迫，登高望远。

凭什么让我站到外面去

镜头一：

"先把这首诗抄到日记本上，抄完了，我给大家讲一讲它的意思，好吧？"我在黑板上工整地写下了叶芝的一首诗《我的书的去向》，准备在新学期的语文课上和他们分享。

"好！"他们齐声答应着，"可是，老师，叶芝是谁？"一个男孩子的声音异军突起。我还没来得及解答他的问题。"老师，你闪开，挡着我了。"另外一个男孩子说，他手里的笔一挥，像指挥家手里的指挥棒轻轻一抬，我赶紧识趣地躲到一旁，看着他大模大样地抄完。

咦，这一届学生有点与众不同。他们之中，有乖巧听话的，也有不理会规则的。以往上课遇到这种老师挡着黑板的情况，学生都会歪歪身子去探查，或者等老师离开被遮挡的区域时再抄下来，而他们嘴唇稍稍一动，四两拨千斤。

镜头二：

几节课上下来，不安分的学生开始冒头了，上课的姿势有端正的，有斜着身子的，有趴着的……秩序需要重新确立。

"来，大家把身子坐正了！"我向来讲话声音低，这一次特意拼足了力气，用了最中气十足的声音，满含威严地扫视全班。果然，一阵桌椅的骚动声音之后，大部分都坐好了。于是开始讲课，但是没等三句话讲完，眼光瞥见靠着东墙的一个孩子又把身子转向了后面，跟后位的同学窃窃私语。

我停下来，不再讲课，只用眼睛盯着他。他不说话了，但身子还是斜着坐。

"那个，你能不能把身子坐正了？"含着几分严厉地问（我还叫不出他的名字）。

他不作声，扫了我一眼。

"你站起来回答，能不能把身子坐正了！"

"嗯……"他从鼻孔里发出一声高傲的回响，算是对我的回答。这个"嗯"到底是能还是不能？根本就是应付！也太不给我这个当老师的面子了，师道尊严还要不要？我不禁心头火起。

"再问一句，你能不能把身子坐端正了？"这一次的语气已经严厉了。

"啊……"他不再从鼻孔里发声，气流从嘴巴里跳出来。但是依旧不是明确的回答。

"如果你坐不好，就到教室外边站着！"语气严厉的指数提升了三格。

"凭什么让我到外面去？"最先不耐烦的竟然是他，接下来更是"砰"的一声凳子的呻吟，他一屁股坐下来。

如果是在往年，也许我早就压不住心里的火气了，但是现在，我面对的是新一届学生，这些刚从小学毕业的小毛头们，他们不了解我，我也还不了解他们。凡事不能急躁，更不能失态。"你是老师，你是有涵养的老师，呼吸呼吸深呼吸。"在心里默念着这句重要的话。我压下了心头火："好吧，我先讲课，等下课再跟你算账。"

下课之后。我朝着他的方向招手，示意他过来："那个谁，你跟我到办公室去一趟。"

这一次，他很不情愿地从座位上走到了讲台前面来，谨慎地站在距离我半尺远的地方，再也不肯挪动一步。

"凭什么去你办公室？有什么事就在这儿说吧！"他双手抱胸，一条大腿在前，摆出了红毯亮相时巨星们的造型，眼角眉梢一片不屑。

这样的孩子可怎么教呢？

课后听到几个授课的老师讲，这个孩子在军训时已经开始反抗——"我不喜欢那个教官！""你这样让我站着，我不舒服。""我从小哪里吃过这样的苦……"想家时，他要求当天晚上必须回家。一旁的老师好心提醒：你这样不守规矩，以后没有学可以上，怎么办？他脱口而出：让我妈和姐姐养我。

后来才知道，这个孩子的爸爸出车祸去世了，他印象中从来没有父亲的形象。当母亲对他的教育就是，疲惫了，累了，他不听话了就揍一顿。再大一些，喊来他的舅舅和大爷，一起揍。

这是觉醒的一代吗？他们懂得发出了自己的声音？你让我们学叶芝的诗，对不起，我没听说过，当然要随口发问；你挡着我了，你一个人挪动一下，我们就可以不用挪动；已经坐了那么久，我屁股不舒服，所以你怎么可以让我把身子坐端正；我不喜欢教官，所以你怎么可以要求我按照他的样子去做；我不想听你的，所以你怎么能指挥我。这究竟是他们自我意识的觉醒，还是因为条件越来越好，宠溺的程度越来越深，于是，人也格外没了规矩呢？

从发现身边的温暖和柔软开始吧

单亲家庭的孩子，往往有两个方面的极端，不是格外强硬，就是格外自卑。而格外强硬的外壳之下，藏着的何尝不是一颗脆弱的心。当别的孩子有父亲为自己保驾护航的时候，他会不会羡慕，会不会痛苦，在母亲的泪水面前，他会心疼吗？在责任面前（谁养活谁），他肯坚定地承担吗？我忽然觉得真要深入一个孩子的内心世界，任重而道远。

"凯又惹英语老师生气了！"

"凯在餐厅前面揪垂柳的叶子玩，被值班老师逮着扣分了，他还说'给班级扣分？扣就扣呗，又不是给我扣'……"

开学几天里，传来的都是一些负面的消息。但是也有老师说，他的母亲被老师传唤来的时候，他一个劲撵着母亲走。他是怕母亲回去晚了，路上一个人不安全。这样的信息像厚厚的云层突然在某个角上被阳光撕开一个口子，有光线透出来。我想，只要还有在他心上的人，这个孩子就还有救。

学史铁生《秋天的怀念》，课文中有这样一句："母亲就悄悄地躲出去，在我看不见的地方偷偷地听着我的动静。当一切恢复沉寂，她又悄悄地进来,眼边儿红红的,看着我。"我带领他们去体味细节描写的内涵,我问:"母亲为什么'躲出去'?'偷偷地听着'说明什么?'眼边儿红红的'说明什么?"

我叫起了那一头小犟牛。

他回答得居然都对了,我鼓励了他,他很高兴地落座了。

"母亲躲出去,是为了让儿子尽情宣泄心中的痛苦。她偷偷地注意儿子的动静,是害怕儿子自己伤了自己,眼边儿红红的,说明她刚哭过,她和儿子一样承受着巨大的痛苦。"在生活中,回想一下与父母相处的时候,有没有这样的细节让你感动过?

接下来的讨论比较热烈,学生们举出了一些例子,他也很感兴趣地和同桌讨论。我感觉这个孩子外表的强硬之下,掩盖着一些温暖和柔软。这是最珍贵的。我即兴在班里点了几个孩子,又路过他身边,拍拍他的肩膀,他站起来,讲了一次感冒之后,妈妈连夜喊起村里的大夫的事。"天气很冷,路也很黑,我没有力气,可是妈妈却走得满头大汗……我很感动。"这样的表述虽然不够生动,但是表达的感情已经足够了。趁热打铁,那一周的日记就写了一个专题:发现身边的温暖和柔软的场景、对话,及时记录下来。通过学生们的文字,我感觉他们的心灵敏感了一些,很欣慰。

几周的相处之后,我对他的关注和表扬渐渐起了作用,他看我的眼神由最初的戒备,到了后来逐渐正常。再后来跟着大家一起笑,声音也很响亮。

走一步,再走一步,直面现实

班主任老师说,有一项困难补助的政策,给了这个单亲的男孩子。发现他在填写父母情况的时候,填了一个"父亲",又在后面写上两个字

"开车"。

是的，他的父亲生前是个司机，但是在他两岁那年就去世了。十几年过去，如实填写，他应该写"去世"的，但是他不写。

他的妈妈来交表，说，我不想让他觉得父亲已经不在了，所以……

我能理解这个妈妈的苦心，也能理解她对亡夫的思念，但是，"没有父亲"这件事，的确是事实。母亲喊苦畏难，也不该让儿子逃避现实。

这一单元的课文里，有一篇《走一步，再走一步》。里面讲了一个睿智的、善于教育孩子的父亲，在儿子遇险之后，帮助儿子树立信心，同时给予具体的方法指导，最终使儿子从悬崖上脱险的故事。这一课，我讲得很仔细，课文中的细节处理，关于"父亲"的人物分析是学习的重点。不知道为什么，讲到"父亲"的时候，凯的头都埋在书册后面。难过吗？当我走过去问他的时候，他说"感冒了，不舒服"。但是下课之后，看见他又活蹦乱跳的了。"父亲"有可能是孩子的一个心结，所以我想和他单独谈一谈。

那天利用讲评日记的机会，我把他叫到办公室，

昨天的课文你听懂了吗？你喜欢课文中的哪个人物，为什么？

喜欢课文中的父亲。因为他很聪明。

从哪里看出聪明来？

他很讲究方法技巧。

是啊，这是一个从心理上帮助孩子成长的父亲。他完全可以爬上去抱孩子下来，但是他没有这样做。因为他深知如果自己去救孩子，虽然孩子安全了，但还是有缺憾的，你知道这遗憾是什么吗？

他想了想，小声说：自己得不到锻炼。

对啊，但是这一次，孩子的能力得到了提高，而且今后增加了勇气了，是不是？

然后我不再绕弯子，问他上课时为什么趴着，是不是心里不好受？

他没说话，轻轻地点了点头。

"假如生命中有个重要的位置空缺着，这的确痛苦，但是，即便是没有这个关键时刻给予自己指引的人，你也要一步一步走好自己的路，因为别人都取代不了你的勇气。虽然爸爸不在了，可是你还有疼爱你的妈妈和姐姐，还有其他的亲人，他们都在关注着你的成长。就像史铁生一样，他十九岁突然瘫痪，那是多么大的打击。可是他最终从痛苦中挣脱出来，找到了一条适合自己的写作之路。我们每个人面对困难，首先都需要一种勇气，然后需要走一步，再走一步的智慧，对吗？"他听着，眼泪在眼眶里打转转。

"老师也是你成长道路上的朋友，还有同学也是，所以，相信我们，好吗？"

他点点头，嘘口气，似乎下了决心。从办公室回去的时候，我注意到，他轻轻地帮我把门带上了。

爱你的人如果没有按照你所希望的方式来爱你

连续大半个月的阴雨天里，我们迎来初冬。

那天吃完晚饭，距离晚自习还有大概半小时的时间，几个小毛头飞跑着来报：老师，凯摔倒了！磕破了嘴，出了一些血。

赶紧指挥着他们把他扶到办公室来，查看一下伤情。还好，是下巴上磕伤了一块皮，轻微的肿胀。

确定不是打架吗？几个随行的学生摇摇头，"就是自己跑得快了，教学楼的台阶很滑，结果一不小心……"伤员自己说话了。

看看伤情不太严重，我打发几个孩子回去上课，然后给他的家长打电话。凯呢，让他在椅子上坐着休息一会儿，定定心神。

外面的天气已经冷了，他穿得单薄，我就把自己一件大衣给他披上。

又垫了一个舒服一些的椅垫子。给他做这一些的时候，他知道站起来，却也没有说一声"谢谢"。

他的妈妈和伯父赶来，把他接走，班主任老师也通知到了。当妈妈的心疼儿子，一个劲地嘟囔、抱怨，眼睛里却是满含着心疼。他坐在那里，有些不耐烦的神情。只是进门的五分钟，就不歇气地说，一惊一乍，仿佛儿子的伤情需要跑到省城挂个急诊。

或者这是他漠然的源头？如果换成我，在这样不歇气的爱里，是不是也会觉得有窒息感？

妈妈把围巾解下来，执意要围在儿子的脖子上，凯执意不肯，或者是不好意思当着老师们的面表达（感激或者不愉快），总之，他一手挡住了妈妈，喊着伯父离开了办公室。

第二天他的下巴包着纱布回到了学校。那天的课堂上，我们做了一道课外阅读题《别忘问父亲吃饭了没有》。文章不长，但是写得质朴感人，结尾一句话是："我知道，就是这样简单的一句话，或许在父母的眼中，我们已经开始真正长大起来。"

"同学们，作者说得有道理吗？"

"有！"

"父母的爱是无私的，我们也要懂得爱父母。但是，爱你的人如果没有按你所希望的方式来爱你，那并不代表他们没有全心全意地爱你。（玛格丽特·米切尔《飘》）你们觉得，自己可以替父亲或者母亲做一点什么，来回馈他们呢？"

"帮父母做家务！"

"洗脚！"

"老师，老师，我会做蛋炒饭、木须肉、西红柿鸡蛋汤……"心急的杰已经开始报菜名。

我们大家都笑了，课堂气氛是轻松的，凯也跟着笑。

我敲敲讲台，好吧，这个周末大家分头行动，记住：你已经是初中生了，每个团聚的日子里，都要力所能及地帮父母做点什么。当然，有心很重要。即使帮不了什么，至少记得说声"谢谢"。

那节课，在轻松的铃声中结束了。

后　记

期中考试安排在开学三个月之后的一个周五下午，开会前，凯的妈妈特意到办公室来找我道谢，说孩子夸奖语文老师有文采，关心他。我和她交流了一点当母亲的经验。"现在，跟个小大人似的，星期天包了顿水饺，以前都是先给他盛到碗里，这一次，竟然先给我端过来，还问我饿不饿，唉，老师，你不知道……"他的妈妈红了眼眶。我知道这是激动的、自豪的泪水，虽然来得比其他母亲晚了一些，但至少，它来了。

你要做一棵怎样的树

新学期，我接了初三语文课。初中阶段的最后一年里，学生两极分化得厉害。语文课堂上经常出现两种截然不同的状况：一部分同学加班加点埋头苦学，另一部分人我行我素，连基本的作业都不去完成。

我找他们谈话，五六个大高个，表情轻松地站在我的对面，没等我开始语重心长，他们中的一个已经笑嘻嘻地开口："老师，反正我们也考不上高中，算成绩时也没我们什么事。您把功夫多放在教'好学生'身上吧！"

说话的人长着一张白白净净的脸，机灵的眼神里透露出一点坦诚，一点"达观"，一点漫不经心。我知道，对于一些基础不太好的学生来说，被忽视，被遗忘是情理之中的事。然而，为了所谓的班集体利益，宁可让老师忽略掉自己的存在，这样的"好意"，却让我实在难以接受。

十几岁的孩子，本该人人有追求，个个有渴望，正是该踌躇满志"指点江山，激扬文字，粪土当年万户侯"的时候啊。而面前的他们却因为别人的忽视，因为自觉前途渺茫升学无望，就不自觉地丢失了自己。

这是教育的悲哀还是个体的悲哀？无论如何，要改变他们，不能让他们"混"下去，可是，该如何唤醒他们内心深处潜藏的动力和自信呢？我陷入了深思。

第二周起毕业班开设了晚自习。第一次上晚自习，对于他们来说是前所未有的新鲜事。夜幕降临，教室里的灯也兴奋地亮起来。四十多双眼睛满含期待地望着讲台上的我。我知道，时机来了。

"这一节咱们不讲课，我给大家讲几个故事，好不好？"

"好！"他们异口同声地放下手中的笔，那几个不交作业的孩子习惯地趴在了桌上。

"先讲一个《会捕鼠的鱼》的故事。这是一种生活在我国南部沿海的鲇鱼。按理说，鱼离不开水，而老鼠生活在陆地上，机警狡猾，鱼捉到老鼠是不可想象的事情。那么，它们是怎么捕到老鼠的呢？"

我卖一下关子，停了停，几个趴着的学生慢慢直起了腰。

"原来，鲇鱼夜间出来觅食，游到浅滩，将尾巴伸到水里，一动不动地靠在岸边，发出腥味引诱老鼠前来。毕竟是水边，老鼠不常来，但是鲇鱼可以执着地等待数天甚至一个月。老鼠来了，它们不会轻举妄动，先用爪去拨拉几下，多数都是上前狠咬一口，然后立刻逃掉观察情况，但鲇鱼能忍住疼痛不动声色。就这样，老鼠以为它们是死鱼，就张口咬住鲇鱼尾巴使劲往岸上拖。就此，鲇鱼和老鼠之间展开一场气力和耐力的较量，最终老鼠被拖入水里，成为鲇鱼的美餐。"

我讲得绘声绘色，学生们听得全神贯注，我趁机设问："鲇鱼捕老鼠的关键是什么？"

学生们各抒己见，后排的几个孩子也热烈地讨论起来，我特意请他们几个谈了谈自己的想法，在我赞许的目光中，他们思路清晰，表达流畅。最后全班归纳了两点：一是它有耐心等；二是它能忍受老鼠咬的痛。

"大家看，这个世界很公平，有付出才有收获。而且，这个世界也没有奇迹，所谓奇迹的背后大都隐藏着鲜为人知的艰难和苦痛。"我趁热打铁。

后排的几个孩子稍稍低下了头，似乎在蹙眉思索。

接着，我又给他们讲了刘燕敏的《一棵核桃树》的故事。作者家的后园有一株不易分辨类别的树，十年里，大家曾以李子、山楂、樱桃等对它命名，然而，十年后，它以一树小小的核桃证明了自己的身份。

故事很简单，我扫视了教室内那些青春的脸庞，几个趴在桌上的孩子也已经坐正了身子。"同学们，假如你们是树，你用什么来证明自己的身份和价值呢？假如父母的爱是阳光，老师的教导是雨露，无论你粗壮还是瘦弱，请挺起你自信的枝干告诉我，在初中的最后一年里，你将以怎样的果实呈现在世界。希望你们思索好，写一段话告诉我。"

几秒钟的沉寂之后，教室里响起一片沙沙声。

练习本交上来，写得动情的，竟然是那个让我不再管他的孩子，他说："……您的话让我如梦初醒，老师，您为什么不早点教我们呢？……我知道有些事情过去就过去了，我很遗憾，但是请您相信，我会在接下来的日子里尽力而为。"

放下本子，我凝视着窗外的天幕，丝绒般的幕布上繁星点点，可我分明看到，在夜的深处，那是一棵棵新苗正在奋力地拔节、生长。

掩映在时光深处的乡愁

　　故乡在黄河岸边，所产稻米远近闻名，但对于中秋，乡人似乎不太重视。除了必要的亲朋之间的走动之外，基本不会拜月、赏月。也许会在忙碌的间隙里抬眼望一望天上的月亮，说一声："哦，快十五了！"却也不会有太多的表示。道路两旁的树木黑黝黝的，仿佛一幅立体的远古剪影，月光洒下一地清辉。他们忙什么呢？稻子熟了，他们把对天地的敬畏和感激都融入每天的劳作中去了。

　　当然，无论多么忙，每年的八月十五，父母都不会忘了给我们买几个月饼解馋。月饼，酥皮，五仁馅，有大颗的砂糖（平时很少见到那么大的粒子），还有长长的酸甜酸甜的青红丝（据说是用橘子皮做成的）。粉红色的纸包裹着月饼，时间长了，月饼里的油透出来，那纸就变得油汪汪的。离得老远，就能闻到其中散发的清香。分到手的月饼，总舍不得一下子吃完，吃一口，原样包好，藏到橱子里。馋了，再拿出来啃一口，一个月饼能吃好几天。月饼吃完了，中秋也就过去了。月饼，成为物质匮乏年代里对中秋最大的期盼。

但有一年的中秋，这个盼望却落空了。那年秋天，黄河发了大水，家家忙着从水田里抢收稻谷，那几天，向来把家里收拾得干干净净的母亲任由家里脏乱着。那天，父亲和母亲从水里捞了一天稻谷，筋疲力尽地回来。到了家，父亲突然想起过节的事来，但小卖部里的月饼已经卖光了。看着三个儿女眼巴巴的目光，母亲拍了拍额头，像忽然想起什么似的安慰说："不要紧，咱们自己做！"她没来得及换下湿漉漉的衣衫就钻进了灶间忙碌起来。面粉里加了一勺子白糖，把窗台上晾着的蝉蜕（早先洗干净了）碾成粉末掺和进去。和面。在一盏昏暗的灯光下，黑色瓷盆闪出温暖的光亮。调剂子，一个个面团在母亲手中乖巧地变成圆溜溜的面饼，铺在盖垫上。我在旁边忍不住问母亲，这饼叫什么名字，母亲看一眼天上，随口说"这个啊，叫作月亮饼"，真的呢，它们真像一个个降落凡间的小月亮。

灶膛里，明亮的火焰舔着锅底，母亲一边添柴，一边翻看饼的成色，不长时间，出锅。整个灶间弥漫出一股香香甜甜的气息。哥哥、我和弟弟，我们三个小馋猫早就迫不及待地一人抢了一个跑出去，母亲的叮嘱声从身后追来："别烫着，一个个急嘴子！"月亮饼，真好吃啊！又薄又脆又甜，虽然里面没有大颗的砂糖，没有青红丝，但有一股地道的麦香，暖洋洋的，香到心底。母亲说，蝉蜕明目，对眼睛好，眼睛好了，才能好好念书。看我们吃得香甜，父亲和母亲眼角的笑纹就堆积起来。一家人过了一个难忘的八月十五。

真的呢，吃完月亮饼，我感觉眼睛果然明亮了不少。那晚，我看见墙壁上的葫芦开了白花，丝绒一般柔软。月亮升高了，像一个盛满的水钵，温润而寂静。隔着三十多年的时光回望，我依然看得见父母在月下忙碌的身影，看得见墙角的矮牵牛旋起新的花蕾，看得见一个孩子把月亮饼咬了两个窟窿，透过它好奇地望向远方。远方，幽深斑驳，黑黢黢的，像一幅远古的立体剪影。那时的她怎么知道呢，那幽深斑驳里是再也回不去的滋味，是掩映在时光深处的乡愁。

忆　蝉

　　翻开童年的记忆，字里行间就饱饱地盈满了蝉声。

　　那时村子里的树多。沟沟坎坎、坡上崖下、街道两旁、院落四周都栽满了树。最多的是柳树、杨树，还有榆树、槐树之类。水好，树壮，村子里就有了勃勃生机。

　　夏日里，艳阳高照，树冠膨胀为一顶顶极大的伞，罩在村落四周。阳光透过树叶的缝隙洒落点点金色的斑纹。浓荫下凉风习习，让那些饱受烈日曝晒的人们神清气爽。农闲时节，女人们拿来针头线脑凑在大树下干活，手不闲，嘴也不闲，叽叽喳喳好生热闹。可是最热闹的还是树上的蝉。

　　"知了——"嗓音平直，如同一根钢丝拖过水泥地，粗糙单调，毫无美感。一只叫也倒罢了，偏偏是齐唱，是合奏，一样毫无新意的演唱啊，此起彼伏，震耳欲聋，无休无止。于是，郁郁葱葱的村落就躲不开绕不掉地沉浸在蝉声的汪洋大海中。

　　蝉的世界里，人人都是歌唱家，个个都有帝王统帅的派头，所以，夏天的舞台从来不用担心冷场。

　　我不喜欢蝉，坐在窗下做功课，一切刚有头绪，窗外的梧桐树上就响起它们的合唱。声音高低起伏，不急不躁。虽然不够排场，但也确实叫人难以清净。于是就放下书本，去找那讨厌鬼们算账。拍手、跺脚，全无帮助，倒把院子里的鸡鸭吓得大气不敢出。最后只好喊来大人帮忙，找根长杆子来，噼里啪啦一阵敲打，打得院子里的鸡鸭四散奔逃，打得树叶簌簌落下，打得树上的蝉终于"吱——呀"一声飞走。临走还要撒下一些水，我们叫它蝉尿，凉凉地落在脸上，叫人好不懊恼。尤其后来知道蝉是害虫，要吸取树木的汁液为食。小学校里教自然课的老师还十分郑重地告诉我们：村子四周有些小树莫名其妙地死了，就是蝉捣的鬼。从那时起，平日就有的捉蝉的举动更添了一层正义的色彩。

　　如今想来，那是很有趣的举动：午后，大人都在休息，蝉还在声嘶力竭地高唱，丝毫意识不到危险的临近。拿一只长竹竿来，将面团粘在顶端，悄悄靠近叫声最大的一只。悄悄地，不要一点声响，只要靠近它，粘到它的翅膀就大功告成了。然而它们往往藏到树的高处，也很灵敏，不待杆子伸来，它早就飞走了。

　　捉蝉的幼虫倒容易一些。傍晚时分，吃罢饭，提个瓦罐或者玻璃瓶，里面放清水。拿个手电筒，眼睛注视着地面。看到有小的圆洞口，与地面相平，粗细大约如大人的手指。拨开极薄的一层浮土，里面正有一只蝉的幼虫待要爬出，小心地用手提出来，注意不要被它的爪子抓到。或者用小树枝拨出来，它很狡猾，你动作不快它就会重新退回地下，再去等待要耗费许多时间。有时一晚上可以捉几十个甚至上百个。

　　把捉来的幼虫洗去泥巴，放些盐，腌个两三天，放在油里一炸就是极好的菜肴，外皮脆脆的，里面全是瘦肉，越嚼越香。

　　捉也捉了，吃也吃了，可蝉声还是丝毫不见减弱的迹象。每个黄昏，村落间的合唱仍是蔚为壮观，远近可闻。它们的这份顽强、执着的对季节的歌唱，和村落间的炊烟，沟渠里的菖蒲、蚊香，母亲的蒲扇，四野的蛙声一起烙印进童年的记忆，挥之不去。

一个极偶然的机会，我读到法布尔的《昆虫记》，才知晓了蝉的生平，知道它一生要经历四个春秋。寒来暑往里，"四年黑暗的苦工，一月阳光中的享乐"，它是在用四年的储蓄，用四年的热情筹备了这阳光下一个月的演唱。它掘土四年，终于长出和飞鸟匹敌的翅膀，它辛苦辗转，在死亡线上一次次逃脱，终于能够跃上枝头，那么，它以高亢的歌声来歌颂它的快乐，这样的做法，是否值得我们原谅甚至崇敬呢？

于是逐渐地原谅了窗外那刺耳的聒噪声，逐渐留心起它们的行踪来。印象最深刻的是一个初夏的夜晚，在院角的枣树上偶然见到一只破壳而出的新蝉，蝉蜕挂在不远处，它有着淡绿的身子，干净柔弱如新生的婴儿。一对薄而透明的翅膀已经舒展开来，轻盈、俊美。那夜澄澈的月光将天地装扮成粉妆玉砌的世界，清新的风，带动满树的叶子沙沙作响，此外就是一片寂静。那只蝉像是在休憩，翅膀上闪烁着彩虹般的光泽。也许它正怀了一个绝美的梦想，在做明日高歌前的休整吧；也许它带了一丝惆怅，在回忆之前的艰苦岁月吧。总之，在这整个世界都安然入梦的时刻，只有我发现了一个歌唱家诞生的秘密，只有我见到了一位威严的夏日舞台的统治者新生时的娇柔，怀着这样的兴奋和对生命的崇敬，我悄悄走开了。

那夜的梦中，清晰地见到一只蝉优雅地飞过。

麻　雀

晚饭后，我信步走到村外的高坡上。天地相接处，一轮斜阳正沉静地收拢起柔和的光线。暮色降临，炊烟，村落，田野，牧人，一切都沐浴在纯净而美妙的五月的黄昏里。

近旁的几棵老树上，觅食归来的鸟儿们正聚集在一起叽叽喳喳地谈笑，是麻雀，蓬着灰绒绒的羽，在枝丫间蹦蹦跳跳，十分热闹。想起刚读过的一篇文中写："暮春三月，江南草长，杂花生树，群莺乱飞"，而现在，在北方，在我的家乡最常见的鸟儿莫过于麻雀。

我们这里管它叫"家雀儿"，一个"家"字，让人固执地相信，几千年前，它们和鸡鸭鹅猪牛羊等家禽家畜一样与人相生相伴。它们不穴居，不遁隐，不故作清高，不假装神秘，那么可人地依偎着人家，无论栖居的乡村是丰腴还是消瘦，它们都不离不弃，世代相传。平日里，它们出双入对，纪律严明，集体劳作，相亲相爱。尽管造物主没赐予它们美丽的外表和动听的嗓音，然而这丝毫不能影响它们乐观地眷恋世界，卑微而又快乐地活着。

麻雀，朴实得让人容易忘却却又实在不能忘却。

童年的记忆中，麻雀的印象十分鲜活。每个清晨，我从梦中醒来，窗外麻雀们的鸣唱水纹般荡进耳鼓，听得人心也舒畅。上学路上，它们蹦跳的身影一路相随，长长短短的歌唱如溪流溅珠，或急或缓，穿行在茂密的林荫路上的我们，如舟行水上，微风吹拂，鸟语花香，好不惬意。

清贫的岁月里，一把粮食也要格外爱惜。所以，家里的食料要鸡鸭吃罢才有麻雀们的份，但它们天性顽皮，早早等在院墙上、屋檐下。待粮食脱手，"呼啦"一声跃下，参与到争抢的大军中来，它们动作机敏，眼观六路，耳听八方，颇有些当仁不让的架势。奈何鸡鸭不买它们的账，贪食厉害了往往会被"驱逐出境"，最终只落些剩菜残渣果腹。有时看它们可怜，我都会特意多撒些粮食，心底里把它们也当成了家里的一分子。

稻熟时节，对有耐性的孩子来说，"看庄稼"实在是一件轻松愉快的事。蓝天下，金黄的原野上稻浪随风起伏，姿态各异的稻草人横陈其中，世界丰饶得让人有翻跟斗的冲动。我们寻个开阔阴凉的地方坐下，一心一意等待贪嘴的麻雀们到来。它们一来一群，几十只，丸石一样地坠落在稻秆上，大大咧咧地开始啄食稻粒。我们趁其不备，"腾"地跃起，大喝一声，拿长竿子一挥，它们便"呼啦"一声吓得一齐飞走，到嘴的稻粒掉了也顾不得了，当真狼狈不堪。可是要不了太久，它们又会折回来，这次是小心翼翼地降落，一边用尖尖的嘴巴啄稻粒，一边心虚地东张西望，我们再赶。如此几次，它们终于不再来了。麻雀不来，时间便过得像蜗牛爬，田野空旷得索然无味；麻雀来了，赶麻雀的孩子都成了可以杀退千军万马的英雄，晚间的餐桌上也多了一份值得向父母炫耀的谈资。

更多时候，它们以草籽和虫类为食，不挑剔，不抱怨，随遇而安。

冬季，候鸟们都携儿带女地寻找温暖的去处了。北方只剩了空旷的原野和忧郁的秃山。消瘦的村落里，幸好麻雀们还在，默默地陪伴人们度过一年一年的孤寂和荒凉。

小小的麻雀就这样充实着童年的记忆。我喜爱它们有时也捉弄它们，赞叹它们机警也埋怨它们愚蠢。那时，某些和麻雀相关的血腥细节已经让我初步感知了弱肉强食的自然法则。也许，动物和人一样，走得太近就是伤害？也许我们只可以在合适的范围里彼此相安？年纪渐长，越发感觉这些弱小的生灵们，留给人类更多的是纯真的依赖，赤诚的眷恋和永恒的乐观。怀着一份莫名的怜惜，我常常在某个清晨的梦中突然醒来，凝神捕捉窗外的鸣叫，一旦听到那热闹的声响，心就有了一份着落：生命依旧单纯而美丽，活着真好。

如果说麻雀有一种与生俱来的悲哀，那一定是它总希望与人类和谐相处，但事实却恰恰相反：作为高级动物的人类总有理由拿起猎枪、设下机关、施放毒药，随意捕杀。以致当年随处可见的麻雀沦为保护动物之一，这是麻雀们的悲哀还是人类的悲哀？在受到了人类的诸多背叛之后仍然不肯疏远人类，究竟是人类亏欠了它们还是它们亏欠了人类呢？

无从知道！我们知道的是，尽管身外的世界沧海桑田，麻雀们依旧执着地眷恋着乡野。如今，城里也有麻雀的子孙们在活动，但是城里人太过精细，精细得连个檐顶和墙洞都不肯留给外人，所以，寄居在城里的麻雀们的歌声中永远透着一丝张皇，那是不经意间流露出的流离失所的滋味；它们没有家。假如说有，我猜，它们心底里亲切而温暖的家应该也在乡下——那个遥远而清贫的地方。

是的，麻雀的根在乡下。乡下的麻雀淳朴得就像草芥，像蝼蚁，像一粒草，像几片瓦，像我们的记忆中一页页已经泛黄的书册。说书册似乎太抬举它们了，它们其实要求太少：有食可果腹，有屋檐、墙洞可以落脚，有些许的空间让它们自由生存就够了。看到它们，总让人想起我们身边的某些人：他们对这个世界要求也是甚少，与周围的人和睦相处；质朴得让人忘记，却在某个温暖的画面中保留着他施以援手的细节。他们，乐观如麻雀，淳朴如麻雀，渺小如麻雀，温暖如麻雀！"他们"是你，是我，是他。

燕　子

下午时分，窗外的天依旧是灰蒙蒙的。一层淡淡的乌云聚拢来，天色逐渐阴暗。

有风来，悄悄潜行，摘落树上不曾黄透的叶子，轻盈地携来入秋后的第三场雨，绵绵不绝，随意飘落。

从案前的书卷中抬起昏倦的双眼，猛然见到远处高楼间两根细细的电线上栖满了燕子。着一身玄裳，一律将头朝向东方，有的安然地休憩，有的悠闲地梳理羽毛，有的小声交谈，更多的是用惯常的眼神打量眼前的漫天秋雨，视若无物。有几只，干脆张开翅膀一会儿顺风滑翔，忽而又来个逆风翻飞，娴雅、洒脱。

冷峻的风将窗棂拍得"啪啪"作响，冰凉的秋雨连绵不断，这样的风雨，势必能吹乱它们的羽毛，浇透它们的身体，难道它们真的不怕吗？为什么不学那些聪明的雀子赶紧躲藏？难道只因我这个偶然到场的观众而做一次即兴的表演？又或者以秋天最后的勇敢来为一年的奔波画个圆满的休止？

我很惭愧，虽然我时常见到它们，但对于它们，我又真的不懂。

老人讲：燕子是恋旧的鸟。每年春天，它们都会按时飞来。因为喜欢在勤劳的人家入住，落在谁家，于主人也是一种荣耀。村人对燕子极其爱护：冬天燕去巢空，就会用一尾斗笠将巢罩起，遮挡风霜。雏燕出壳，悉心爱护，不让孩子惊扰。有图谋不轨的调皮小子拿了竹竿攀了梯子想一探究竟，被大人发觉，必然会遭到一顿训斥，严重的还要挨两鞋底。末了还要加一句：弄坏燕子窝是要瞎眼睛的，看以后谁敢！果然，从那以后，再也没人敢动这份心思。

小时候，谁家燕子返巢了，谁家孵出了雏燕，谁家新燕开始飞翔等等都是我们津津乐道的话题。那时，我家老屋檐下住了一对燕子。每个清晨，我习惯在它们的歌唱声中起床；在它们的呢喃声中温书。老屋的窗下，花香袭人，燕语呢喃，一年年，辛勤的燕子陪伴我度过一个个充满温情的夏天。

后来，学到"迁徙"一章，才知道燕子每年需到热带过冬，在温带繁殖后代，奔波之路，千里迢迢。心中不免生出许多感慨和畅想。

遥想：泥土解冻之前，春来之前，花开之前，在某个遥远的地方，这些恋家的鸟儿一定已经在精心筹备。归去，归去，赶在春天到来之前。它们知道，在那遥远的北方，有一个荒芜的家园需要它们经营，有一带苍茫的山水需要它们穿越，有一方虚空的蓝天需要它们填充。

于是，它们来了。呼朋唤友，拖儿带女，目标明确。把弱小的身子投注进浩渺的规程。有体力不济的，跌落进深深的大海；有躲避不及的，葬身于天敌腹中；有疏忽大意的，扑撞进人类的罗网。然而，所有的困难都不能阻挡它们回归的脚步——穿越无数个黎明和黑夜，风餐露宿，颠沛奔波，把重重关山和茫茫大海甩在身后。归去，归去，路的尽头是它们故乡。

为了这样的目的，有时是在黎明，有时是在黑夜，悄悄起程，坚定不移，历尽千辛万苦，终于平安归来！故乡，就在脚下。鼓荡的春风，已经在它们的翅下撒欢，万条柔和的柳丝，已经在那个久远的岸边守候，小溪终于在冰层下流泻出高亢的音符，旧日的房檐下，依旧是那张熟稔的笑脸。然后，阳光爆裂出最新鲜的灯花，洒落人间。

从那时起，"四厢花雨怒于潮"，所有春天的花朵都在那一刻张开笑脸。轻盈的、沉重的，娇憨的、朴拙的，浓郁的、清雅的，牵牵绊绊，一株或者一架架地开了。必定有一场春雨落下，为这久违的归人洗净征尘。雾蒙蒙的清晨，隐着淡淡的喜悦和清新的花香。那么，在这幅诗意的画卷中，我们的燕子穿花拂柳，翩然飞翔，衔着春天的消息飞入自家房檐，尘埃落定，春天终于完整。

从那时起，天空如一卷摊开的富丽手卷，而扉页所呈现的是一首美丽的诗、活动的诗，风定云闲时，"唧唧"声悠然，韵味无穷；春水微波处，凌空掠水气定神闲。不若麻雀般聒噪，不是天鹅般高贵，平易可人却又别有优雅。有了燕子，我们的春天多了憧憬；冬天多了怀想。

熟稔的故土上，终于可以自在地衔泥、穿帘；终于可以安闲地栖梁、翻飞。站着，站在细细的两架木杆之间，站成秀气的工笔；飞翔，飞在寥落的天宇，谱成故乡天空流动的音乐。

为了春天，它们脚步匆匆，穿花贴水；为了旧宅，可以徘徊顾恋，不离不弃。寒雀满疏篱，微酸已着枝的日子里，它们正在赶往北方的路上吧。平林漠漠，寒山一带的季节里，它们又要奔向南方了吧。如此的艰辛，年复一年，为什么还那样洒脱，那样快乐？

因为天地是舞台，所以认定了自己不能更改的舞蹈的宿命；还是淡看了风雨，所以才有了决心啸傲磨砺的达观？

答案应该不难，只是我这肉眼凡胎的俗人还不曾堪破。

连日来，我的心情有些落寞，我还不曾学会用足够的坚强来抵挡生活的无常。不可预约的风雨，常常让我手忙脚乱，心情沮丧甚至有些忧郁。

黄昏时分，风雨已经悄然停息，西天边露出了一轮浑圆的落日。光芒逐渐收拢，只剩柔和的橙红与安静。天空是静穆的苍蓝，无数鳞片状的云朵随意地铺排到天边。那些可爱的燕子们就在这样的背景下翩然飞翔，无拘无束，依旧是傲然的姿态，依旧是春天般快乐。看着，看着，我的思绪也逐渐变得轻灵活跃起来。

　　假若生活原本无常，那么，我是不是可以像燕子那样坦然面对？假如人生注定经历风雨，那么，我可不可以像燕子那样风来也快乐，雨来也快乐？

　　想起席慕蓉说的话："若是在享有的时候还时时担忧它的无常，若是在爱与被爱的时候还时时计算着什么时候会不再爱与不再被爱，那么，我哪里是在享用我的生命呢？我不过是在浪费它、摧折它而已。"

　　那么，我是不是可以这样决定：该淡忘的，是那些亦喜亦忧的过程。该记住的，是那些无怨无悔的爱恋。无论青丝如云还是韶华已逝，用淡然的心情来看待这红尘间的起起落落？

　　我为自己刹那的感悟而欣喜。

　　燕子，我可爱的燕子。虽然时令已近深秋，你们又将远行，但我不会再为离别而悲观；不会再为一时的得失而沮丧，上天创造万物，必有她的理由。我猜想：在那遥远的地方肯定有另外一种温柔和慈爱的力量吸引着你们归去。我终于醒悟你们能一路走来选择春天的原因，我也终于明白，你们终将归去，不得不这样跋涉的理由。那么，就让我怀着一颗感恩的心默默相送；容我说声"谢谢"并在上天允许我与你相随的岁月里，满心欢喜地追随你的足迹。

　　期待来年，与你相约。

蛙　声

在农村长大的孩子都知道，但凡有水的地方就有蛙声。

蛙声与乡村是不可分割的。那是一种标志，有水，有人烟，有温馨萦绕。那是一种属于乡下的声响，有天生的淳朴，淳朴到可以叫人充耳不闻，忘却它的存在。但若真正少了它，世界就太过寂寞。它不像蝉鸣，整个夏天昏天黑地的聒噪，尖锐地缠绕在树梢上，放肆而不懂得节制。

蛙声不是这样的。

惊蛰的几阵雷声滚过。天暖了，泥软了，水涨到了池塘边儿上，苇芽憋足了劲拱出地面，努力时暗红色的印记仍在，青须须的柳条上鼓满了柳苞，小秧还在大田里沉沉地做梦。农家的土炕上有谁翻来覆去地不肯睡去，白花花的水面上映照出一天茫然的星斗。天地间是这样的寂寥，寂寥地叫人惴惴，平静地让人心虚。

这时，你听，蛙声起了！

究竟是哪一只最先开始的，无从推究。只知道有一个挑头，其他的立刻跟着鸣唱起来。跃跃欲试、争先恐后，不一会儿的工夫，潜藏了一冬的热情就灌满了池塘、沟渠和秧池。

远远的响了，近旁的响了。这样热情地讴歌春天啊，星星怎么好意思再昏昏沉沉！它们擦呀，洗呀，夜晚亮起来了，月下的草木脆生生、水灵灵。农家小院里的小黄狗对着槐树的阴影喊了两嗓子，架上的老母鸡筹划着明天去院外的粪堆上刨虫并且酝酿着孵出第一窝蛋。清新的水气和淡淡的叶香悄悄浮起，许多美丽绝伦的愿望被蛙声催醒，在这个春天的夜晚流淌。炕上的人打个呵欠，在这样久违的和声中安详地睡去。

春天像一只正在开屏的孔雀，蛙声就是鼓动孔雀开屏的序曲。

童年时代，我们村子里还是清一色的稻田。有靠近黄河的便利，气候温暖湿润，水稻的生长期长，所产稻米糯软爽滑，很有嚼头。算是当地的特产之一。

谷雨前后浸种，夏至前后栽秧。那时的秧田真多啊，白茫茫一片。在巧手农夫的侍弄下，一畦畦的像一张张平滑温软的床，只等鲜嫩的小秧入住。栽秧时节，秧手们一人一行，动作熟练，快如蜻蜓点水。不一会儿，白茫茫的水面就被新秧的绿意盖满。经过一周左右的缓苗期，秧苗扎下新根，叶片逐渐变绿，转入拔草、施肥、除虫的田间管理阶段。时间已经是夏季了。

秧田多，青蛙也多。顺着田埂或沟渠走去，一定能惊动起一路青蛙。它们弹丸一样弹跳开去，划出一道美丽的弧线，落入周围的草丛或者水塘里，发出"扑扑、啪啪"的声响，疾如流星，快如弓箭。脚步停下，弓箭声也停了。你找不到它们，它们却能知道你。也真奇怪。有时定睛细看，偶尔会在绿色的草丛中发现它们的行踪，凸着两只亮亮的大眼睛，聚精会神，不及走近，已经跳开。或者，在你走过之后，有一两只调皮地以水草为掩护露出小半个脑袋查看动静，不怕人，和你屏气凝神对视许久。你终于走去，它们又恢复成往日的活泼。

蛙愈多，田里的害虫愈少。所以，声声蛙鸣中听出的是慰藉。那时水稻很少有灾害的，一年到头，药桶也背不了一两次，所有捉虫的任务放心地交给青蛙们。

农事劳作的艰辛其实远不如诗歌中写得诗意：抢收抢种，节气的催赶、墒情旱涝的忧虑、太阳晒、水汽蒸，加之蚊叮虫咬，让农人们每个白日里匆匆忙忙，脚不沾地。

只有黄昏时分，才能将一身疲惫交给暮色。此时，村落间飘起袅袅炊烟，放眼望去，广阔的平原上有无边的田畴、古老的野树，以及三两只归巢的鸟雀。朦胧的雾气低低地升起，逐渐变暗的草丛中又响起不知疲倦的蛙声：嘹亮宏阔，或远或近；粗犷清越，或高或低，是纯粹的乡村歌手在尽情为季节和这块土地的丰饶吟唱。我常常凝神谛听，陶醉于这种亘古流传下来的，坦然的，与世无争的安详。

晚饭后，星星当空，流萤飞舞，村里的老老少少聚在院门口。坐了板凳凉席谈天说地，老人们赤了膊，拿把蒲扇，孩子们扯块凉席。男人们吸出红红的烟头，人堆里就有天南地北的传奇，有古往今来的教训，有某个英雄的形象在高一声低一声的赞叹里闪闪烁烁。女人们也闲聊，大多围绕生计，东家长西家短。有孩子吵着母亲讲故事，有了就讲，没有故事也不要紧，围了人堆追着跑也是一种快乐。银河千年，直贯南北，蛙鸣如织，一阵一阵，像海上的浪涛一样，浮起一天月光。多少年来，寂寞的乡村夜晚就被这样丰富的声响填充得滋润起来，让人惬意，让人脚踏实地地眷恋这与黄土青禾相伴的日子。

经过一个或者旱或者涝或者风调雨顺的夏天，秋天登场了。葡萄紫了，冬瓜圆了，豆荚鼓了。稻花飘香，风里来雨里去期盼的年景已经指日可待。四野蛙声如鼓，脆生生的，农人们听出了丰收的前奏，诗人听出了五谷丰登的祝愿，智者听出了善良宽厚的关怀——这让人亲近，让人动容的蛙声呀！

眼见得秋后的新房、新衣有了着落，勤快的庄稼人已经在忙活着收拾场院，耳听得秋天的脚步声越来越近，蛙声在某个夜晚突然销声匿迹了，没有预兆，没有前奏。从此，秋天的夜晚属于蟋蟀。

当然，无论谁来接班，乡村的夜晚不会寂寞。可是，穿越岁月的河流，蜗居在城里的我仍是那么怀恋乡下的蛙声。

世界荒凉，你可以美且辽阔

　　岛城的风大，扑面而来时带着一股淡淡的湿腥味。从一场冗长的报告中脱身出来，我和同伴相约到海边来透透气。登上高处，可以看到红色的房顶，看到披了一头黄叶的树，白茫茫一片水域，想了想，只缺少一片从日边驶来的孤帆。

　　温度虽然不高，可来海边游玩的人依旧不少，有本地的"土著"，也有像我们一样的外地游客。

　　路远的游客大多开车来。一个三十多岁的男人，穿戴整齐，车子也大气干净。他停好车，从后备厢里掏出一只风筝。那是一只蜈蚣，拖着长长的身子。查看一下风向，他扯好线，向前快速奔跑，风筝在他的身后逐渐飞升。过了一会儿，蜈蚣就成了一条线，稳稳地停在了高空。高天碧海，美得像一幅油画，油画上亮丽的一点，是高空怡然自得的风筝。这幅画的创作者呢，仰着脸，显出一副陶醉的模样。路边的荒草沙沙，尘土沾上他的鞋子，飞上他的笔挺的西装，他却浑然不觉。

　　也有骑了电动车来的，来钓鱼。这样的多是一些中年人。他们用的钓竿很长，可以甩很远。在哗哗的涛声中，钓鱼人专心盯着浪尖上那一点点浮漂。浮漂都是鲜艳的红色或者橙黄。风很大，潮水一排排扑上沙滩，"哗啦"一声响，扑打在岸边的礁石上，碎成一片尘雾。喘息片刻之后，又开始下一轮的进攻。有些人被浪头逼得节节后退，或者拿起鱼竿回转，但其他人，依然没事人似的稳坐在岸边，任凭风吹浪打，胜似闲庭信步。

忍不住去问其中的一个："风这么大，鱼儿怕很难上钩吧？"

他回头冲我笑笑，说："没事，钓着玩！"

也有人骑了破旧的自行车来。印象最深的是一对老年夫妇。当我和同伴裹紧风衣在路边长椅上歇息的时候，他们正做着入水前的热身活动。海风猎猎，吹起老太太的白发。她一板一眼地扭腰、摆胯，活动手腕脚腕。衣服换下来，他们一前一后慢慢入水。岸边的我，不禁打个寒战，将冰冷的手插进口袋。一旁聚集了不少人，观景似的在看，海里的一对夫妇游得从容自在，时而齐头并进，时而前后跟随。于是就有人夸奖他们勇敢，也有人质疑，说钱多了闲着也是闲着……旁边一个中年妇人接茬道："呵，人家老伴可好着呢，退休工人，也没多少钱。冬天里家里缺煤，两口子一块去捡煤渣，一路捡，一路唱。"旁边说闲话的人不再言语了。

同伴对老人的装备挺好奇，走到自行车前探查一番，发现塑料袋里的行头很简单，就是几件普通的衣裳。等他们游完上岸之后，同伴禁不住夸奖老太太：

"您可真勇敢啊，一直坚持游泳吗？"

"是啊，锻炼身体呗！"她爽快地答道。

回去的路上同伴很感慨，前段时间双亲轮流住院已经让她身心疲惫了，偏偏单位领导又换了个"事儿妈"，前仆后继地折腾，把她郁闷得不行，刚才的见闻却让她一下打开了话匣子。她说："我真喜欢这个老太太，人家活出了滋味！你看，生活的粗糙，没有给他们留下太多的划痕，反倒让人觉得，他们头顶的太阳格外年轻，整个人呢，有散不完的热量。"我点头称是，心里也多了一份暖融融的感觉。

有时候，喜欢一个人并非因为她能给你带来什么，而是当你囿于生活的狭窄突围不得的时候，有人让你见到了光。靠着这一束光亮的吸引，最终从狭窄走向了辽阔。无论是开着几十万的轿车忙里偷闲放风筝，还坐在咆哮的海边当风垂钓，或者是一路歌唱着去捡煤渣，其性质是一样的。他们以这样的方式告诉你，我爱这个世界。这种爱里有一种笃信——即便世界再荒凉幽暗，我温柔对它，它必然不会亏待自己。

身后一阵铃声响，打断了我的思绪。回头，见到那对老人正骑车往回赶："有空多来海边走走啊！"老太太热情地邀约着，我和同伴异口同声答应了一声"好"！

第三辑：细麦落轻花

白酱香

磨白酱的时间选在春天。

土墙边的杨树和柳树都绿了。毛茸茸的飞絮飘到了蜘蛛网上，一颤，一颤。蜘蛛兴奋地爬过来四下张望。蛛网的下面，蒲公英包孕了一朵艳艳的黄花，等待着一个好日子，朝着蛛网以及蛛网上方的天空开放。

母亲早早起身，把口袋里的黄豆倒在簸箕里。一同倾倒出来的，还有隔年的灰尘。轻烟一样四下飞散。母亲先用簸箕簸出杂质。唰啦啦，唰啦啦，小石子、碎颗粒有节奏地弹跳着到了地上。剩下的豆粒，一颗颗仔细挑拣。一些半截的、被压扁的豆粒都被择出。一冬天没见阳光，黄豆粒有些泛白了。簸干净的豆粒被泡进瓷盆里。泡个一天一夜，胀肚之后，捞出煮熟备用。

整个院子豆香弥漫。磨子轴转动的声音，隔着一堵矮矮的土墙传到街道上。青砖垒成的墙基，上面摞了土坯，麦秸秆的硬茬不时地钻出来。鲁北的农村有很多这样的土墙。夏天，丝瓜、扁豆、葫芦的藤蔓沿着土墙攀援到邻居家的院子里。一串串的花，风一吹，两个院子都在晃。两家的婆娘也常踮着脚攀着墙根咬耳朵，一边低声嘀咕着什么，一边窃窃地笑，仿佛舌根下埋藏的秘密终于找对了下家。时间久了，那些土墙的某个地方必然会被磨得十分光滑。猫儿就常踩着那里跳上去，若有所思地瞭望一会儿，"忽"一声，没了影。

煮熟的豆子蒙了一层纱布，放在瓷盆里。瓷盆放在石磨的旁边。再旁边，就是来磨白酱的女人们。磨子放在四奶奶家的院子里。每年秋天，一垛厚厚的稻草就把石磨淹没了。冬天过后，稻草垛变成草帘子，石磨就又开始显露出来。四奶奶家的院子，干净得可以做打谷场。几张伟人像挂在堂屋的墙壁上。她的屋子里，永远有一股陈年的味道。四奶奶常做酱，夏天，煮熟的豆子，蒙了一层窗纱，放在屋檐下的簸箩里，被骄阳炙烤。发出一股干燥的类似牛粪的味道。老母鸡孵蛋的草筐也放在屋檐下，用一个栅板盖着，让双方都觉得安全。等到簸箩里的豆子能拔出丝来，再装坛子，撒盐，上面用报纸包着的砖头压实。起霉了，发软了，发甜了，酱就算做成了。四奶奶装酱的坛子是黄褐色的，放在墙角下。这样的酱，可以一直存放到冬天。

白酱存放的时间却很短。最好是现吃现磨。这是开春之后，一次隆重的做吃食的时刻。磨子旁边围了那么些人。有来做酱的，有来串门的，有循着笑声过来瞧热闹的。大半个村子的妇女似乎都聚在了一起。我常兴奋地在人群中钻进钻出，看着那些圆鼓鼓的豆粒变成白色的浆汁，一点点沿着石磨的边缘流下来，看母亲将磨好的酱一碗一碗地分给别人。只觉得心里有一团火，会同那些分发的情谊一样传播给别人。多年以后，我读纪德的《人间食粮》，其中有这样一句："春天常驻我心间，而我在旅途中所见的天光水色，幼鸟的孵化，盛开的鲜花，我觉得无非是这内心春天的回声。"我觉得他说出到了我的心里。

白酱磨好，放在瓷碗里，吃饭的时候蘸曲曲菜、苦菊、小葱吃，特别下饭。即便没有菜可用，单单闻到那气味，便十分清香。那是五月的天气，梁燕呢喃，毛茸茸的鸡雏跟着妈妈在房檐下晒太阳，睁开眼，一脸天真。

吃　粥

一位从小在新疆长大的朋友来山东，小住几日后，对本地食物赞不绝口。她尤其钟爱玉米粥，不但希望早晚必备，而且用携带的数码相机拍照留念。在她看来，能用极短的时间熬制这么黏稠的饮品，山东人不简单。一碗再平常不过的玉米粥，居然受到如此青睐，与当地风景名胜一样被摄入镜头，我估计除了在专门的粥府、食府外，很难再找出第二例。而因为一碗玉米粥，博得一个能干主妇的名头，这多少有点受之不武。但为了不掠朋友之美意，我也就哼哈接受了。

据说广东人爱煲汤，除了满足果腹之需，近些年来又有了新说法。有句话这样说：想要拴住男人的心，首先要拴住他的胃。此言一出，登时博得许多人赞同。锅台灶房之间的女人，煲了多少种类的汤暂且不提，用一碗汤成功挽回了多少颗游移的心咱也不提，起码书店里的食谱、商场里的汤锅卖得快了。因为拴住身边人的心，而去洗手做羹汤，这件事是否带了太强的功利性咱不提，不从源头入手而在细枝末节上下功夫究竟是否奏效咱也不提，仅仅因为厨房革命而侧面推动出版业、制造业的发展，歪打正着的事，却常常功德无量。

说笑了。

北方人爱吃粥却是真的。晨昏之间，菜的样式可以变化，而一锅粥却是雷打不动的需求。粥的花样逐步增加，从饱食果腹到注重营养功效，这都是时代的进步。小时候，每年新粮下来。母亲总要挑选些颗粒饱满的玉米棒槌，晒在屋檐下，或者挂在院子里的枣树上。风干数日，等籽粒干透了，就一粒粒磕下来，加工成玉米面。新粮入锅，煮出的粥格外稠，清香可口。天寒地冻的早晨，一家人在饭桌前坐定，只等母亲端上饭来。分好筷子，把粥碗一个个盛满。我记得那时最先做的，就是比一比谁碗里的粥泡多。喝的时候，就着碗沿喝，泡泡要留到最后。若那天碗里的泡泡多而且喝到最后都没有变形的，算是小小的胜利。平淡的童年里，这些小细节都是孩子的乐趣，不值一提。只是每每想起，依然觉得亲切。

在乡下，许多人家，清晨煮一锅粥，就一碟老咸菜。一顿饭下来，喝得头上有了汗意，寒气早被赶走。于是出门的出门，上学的上学。夜晚，一家人又聚集在桌前。照例是几只大碗，照例是固定的位子，照例是女人在饭锅近前忙着给这个拿干粮，给那个盛粥，照例是听着身旁的大人孩子喝粥喝得呼噜噜山响。她嘴里抱怨天气恶劣，抱怨孩子调皮，抱怨男人赚不来太多的钱，但是她的心里，却因为有这灶台粥饭的忙碌，觉得那么踏实。

有时想想，日子啊，还真有点像这碗里的粥。本来是几瓢清水，一把玉米面，本来你是你，我是我，分得清楚明白。可是投放在一起，搅拌几下，滚了几个开，就再也分不开了。日子就这么混沌着，一路跌跌撞撞的走，混沌着，火腾着，可也别有一番滋味。

锅子饼

中国古代的成语，言简意丰，有些颇有来头，有些颇多道理。比如：望梅止渴，画饼充饥。看到青黄的梅子，人脑里已经先觉得它酸，禁不住口舌生津，口渴也就消除了不少。而肚子饿了，最能饱腹的，非饼莫属。

北方人多吃面食。一捧白面，在巧手主妇那里，可以生出万千变化，足够抵御整个漫长的岁月。馒头、包子、水饺都需要费些时间。而烙饼，是农家饭中的速食一族。农忙季节，中午下地归来，女主人放下锄头，洗手下厨。男主人抽袋烟的工夫，两张热腾腾的烙饼出锅了。外表焦黄，内里暄软，从里到外透着一股新麦香。饥肠辘辘之际，一张烙饼在手，佐以自家园地里的青椒、芫荽、大葱等小菜，热热辣辣吃一顿。再灌几口叶子茶，吃个汗流浃背，汤饱肚圆，那才叫个活得自在。

同样是饼，材料不同，手艺有别，于是，口味上也有了许多变化。

夏天吃羊肉串，所用饼据说从新疆传来。那饼白净如纸，吃羊肉串，饼用来佐餐。在羊肉串上抹了辣酱，用饼卷来吃，筋道有味。唯一的缺点是饼太薄，解馋可以，不顶饿。有年去淄川旅游，在蒲松龄故居外吃过"枣饼"。那饼的样式有点像糯米切糕。一刀切开，中间是一层蒸熟的枣子。面是事先发酵过的，比较软，味道没什么出奇，不过那枣子倒是很甜。还吃过一种舶来品，叫"南洋饼"，饼薄、脆、甜，盛在精致的盘子里，外表焦黄、摆设美观，透着一股雍容。好吃是好吃，但价钱不菲。太华贵的东西，总是让人望而生畏，不是老百姓的饭食。

滨城的名吃叫锅子饼。据说是清朝末年东关一户姓邢的人家发明的。其特点，饼中卷馅，集烙饼和包子之长，独具特色。为求证锅子饼的由来，我也曾问过几位当地朋友，引来一种新说法。他们说，是为下田方便而发明的。当时百姓人家没有饭盒，聪明的主妇索性将菜卷在饼中，带着方便，吃起来舒坦，后来逐渐演变成今天的锅子饼。不知道哪种说法更有道理。

锅子饼的制作不难，先制饼。饼皮要薄如纸。然后卷馅，根据时令不同，馅也多种多样。贫苦人家多以青菜豆腐为主，稍微宽裕的人家，则可以加些碎肉、豆腐、青辣椒、鲜虾皮、粉条之类，荤素搭配，更见鲜美。最后，将卷好的饼切成长方形，入盘即可。成品滑酥馅多，咸鲜适口，香而不腻。

农家饭，讲究个实惠。自家吃，锅子饼省事省力，又填馋解饿。家里来客，做两盘锅子饼，饼薄馅多，足见主人盛情。

如今，生活水平提高了，锅子饼的制作原料也多样起来。面粉除了小麦之外，又增加了玉米面、小米面、荞麦面等；馅更是丰富多彩，根据个人口味，荤素任选。最常见的锅子饼多以豆腐、鸡蛋、碎肉、香菜为馅。不仅营养丰富而且色彩搭配清新宜人。白、黄、绿，娇嫩嫩的，养了眼又养了胃。

不过，相对于宾馆餐厅里略带矜贵的锅子饼，我还是喜欢那些乡野饭：老土灶，小平锅，噼啪的木柴烧出幽幽的香。一张薄饼，卷起青菜豆腐，更卷起酽酽的乡情。

虾　酱

虾酱这东西朴实，和饼子窝头不分家。

朴实的东西大多历史久，产地广，老百姓喜欢。我的家乡山东滨州南临黄河，北部靠海。我生长在黄河岸边，北部沿海去得少，知道那里盐碱地多，贝壳多，虾酱产量大，其中沾化县的产量在全国都挂号。外地人一提"沾化"特产，脱口而出的肯定是"虾酱"二字，似乎沾化除了虾酱之外再也没有别的。其实沾化也是冬枣的故乡，只是还不如这里的虾酱出名罢了。

虾酱也分一、二、三等。品质优的颜色红黄鲜明，质细味纯，盐足，水分少。二等三等的都要逊色。有的加工时混入小蟹、小蛤等，影响质量，颜色多是灰黄色，也不鲜明。但是物以稀为贵，童年时代我们吃虾酱专拣这类有掺货的，挑到一只小螃蟹像得了一个什么宝贝。

说起来，虾酱似乎是穷时才有的。那时，村子里一年到头没见几家吃白面的，顿顿玉米面窝头。吃窝头就虾酱最好。

蒸一锅窝头，锅沿上贴一圈饼子，中间用一个大碗蒸上虾酱。蒸虾酱必须放葱花，否则不出味。鸡蛋金贵，本不舍得，央不过孩子眼巴巴的目光，当娘的狠狠心，磕一个。

搅匀了，盖好锅盖，大火，蒸吧。热气从锅盖旁边冒出来，窝头的香味满了厨房，虾酱的鲜味早就跑到了大街上。

大抵好吃的都有个季节。秋风一起，胃口大开。在田里干了大半天活，一进巷子，酱香扑鼻，惹得下地回来的人心痒痒的，肚里馋虫催得急，步子也紧了。

虾酱和窝头一起出锅了。窝头新蒸，暄软金黄，玉米面清香撩人，虾酱咸香适口。葱花绿，虾酱褐，鸡蛋白。加几丝红辣椒更好看，辣、咸、香全都有了，真下饭，眨眼工夫窝头下去俩。

国人酸甜苦辣咸都能吃，对臭也来者不拒。有专门卖臭虾酱的，他一来，半条街的人都能闻到，有人就掩了鼻子骂。可有人卖是因为有人喜欢。喜欢臭虾酱的人不在少数。有一个恶搞虾酱的笑话：一乡人挑粪经过，旁边一人眼神不好，闻之，唤曰："拿虾酱来。"乡人不晓其意，急挑担而走。此人赶上，一手握粪闻之，一边骂道："臭已臭了，什么奇货，还要这等行情！"笑过，虾酱之臭可见一斑。臭虾酱蒸出来味道却格外香，也是事实。

一位仁兄从小爱吃臭虾酱，如今发达了，此嗜好不改。逢他在的宴席上，必让店家备一碟虾酱，同样越臭越好。只是大多时候，碟中虾酱是加鸡蛋和葱花炒熟的，量极少，四周以一圈小窝头环拱，白、黄、黑三色俱全，虾酱身处其中，高贵非凡，却极少有臭的。

蝉　蜕

　　一只蝉蜕，挂在探出的枝条上。风毫无顾忌地穿梭在它的空壳里。它的脚爪牢牢地抓住树皮。现在，任你怎么注视它，它都不再惶恐地躲藏了。它安然地挂在那里，保持着生命离去时的姿势。透过它薄薄的壳壁，我看见一轮模糊的夏天的太阳。

　　我们和蝉蜕发生联系，只有在夏天。六月二十四日这一天，我在厨房做饭。将近正午，一只蝉叫起来。那是我听到的夏天的第一声蝉鸣。声音穿过浮动的空气，透过细密的纱网，一下子让室内有了夏的芬芳。我向窗外看了看，歌手躲藏在树叶深处，一只蝉蜕就挂在不远处的枝条上。

　　在城市，这个季节的餐桌上，都会有一盘盘的炸金蝉满足人们的口腹之欲。新鲜的菜肴能预示季节的变迁。在乡下的小孩子，天色傍晚的时候就要外出，去执行一项特殊任务——捉蝉蛹。我们叫它消息牛，或者知了猴。孩子们怀里揣着手电筒，腰上挂着小铁罐，里面装上干净的水。晚饭来不及吃，就掰一块馒头，就一块咸菜疙瘩。钻进小树林，人就没影了。直到大半夜回来，小铁罐里保证满载而归。每一棵树，都可能是一座盛产蝉蛹的宝矿。尤其下雨天，似乎是雨下得越大，爬出来的蝉蛹数量就越多，这件事有没有科学根据不好说。等到半夜回来，孩子的衣服上裹得到处都是泥，腰里的小铁桶也满了。一只泥猴带回来一罐小泥猴。当娘的一边心疼一边数落，孩子呢，有了这些收获，梦里都是笑的。

夜晚寻找蝉蛹的手电筒每一年都能照亮乡下的树林，但是搜索的密度再大，总有漏网之鱼。天亮时，很容易就在树梢上或者灌木丛中发现新鲜的蝉蜕。小孩子们上学，路过树下，一抬眼，心里怕会暗自叹息一声：嗨，怎么昨夜就没发现它！

蝉飞走了，它当初的空壳还在。代替曾经的生命接受风吹雨打，直到树木落光最后一片叶子，它们也跟着消失。这一点很像我们容身的老屋。人长大了，走远了，旧宅还在。无论是否有人垂顾，它总会一天天老去。橼柱老朽腐烂，墙壁坍塌，一切最终归于尘土。"天地者，万物之逆旅"，岁月总是用这样或者那样的方式留下一些物证，令人惆怅。如果你没有足够的想象力，便试图剖开它们来寻找些什么，很可能什么都得不到。

当我还是孩子的时候，蝉蜕是有用的。将它们用清水洗净，文火焙干，碾碎，掺和上面粉和白糖，做成嘎巴，又脆又甜，据说还可以明目。贫寒时代，这样的东西是孩子的零食，虽然味道不错，可惜也不常有。现在的父母，大概很少再肯为子女在饭余花费这样的工夫了。

拔茅针

"打了春，赤脚奔。挑荠菜，拔茅针。"春天来了，拔茅针的时候到了。

北方的春天来得晚，即便打了春，田野里四下望去仍是一片单调的砖瓦色。可是，不要被眼前的假象迷惑了，许多生灵正在土壤深处蠢蠢欲动，打算给孩子们送来第一份春天的礼物呢。比如：茅针。

往田野纵深走去，在河滩上，在土坡上，荒草地里，稍加留意，就能发现它们。它们大多隐在经冬的茅草丛里，枯萎的荒草掩盖不住新生的明媚。你瞧，它的顶端是胭脂般柔腻的紫红，往下逐渐更替为黛青、青绿，越接近泥土的部分越发鲜嫩，变成近乎透明的翡翠色。揪着地上的茎，"刺溜"一拔，就把里面白嫩微青的芯抽出来了。剥开层层葱翠的壳，露出里面白色绒状的芯。放入口中一嚼，甜丝丝的，透着一股春天的清新气儿！

这样的美味谁不爱呢？尤其是经历了一个寒冷肃杀，没有什么吃食可以寻觅的冬天，能在早春的阳光下寻觅这样的美味该是多么惬意的享受啊。想想看：春阳融融，云朵懒懒，风儿悄悄，广袤的田野全是孩子们的领地。没有拘束，没有障碍，不会因为争夺地盘而争吵，不会担心弄脏衣服受到大人的训斥。只要去找寻，每人都有自己一份唾手可得的收获。大地母亲那么慷慨，毫不保留，所以，大大的喜悦充斥在小小的心胸中，自由就像那群路过天空路的叽叽喳喳的鸟儿，飞向很远很远的天边。

拔茅针也有讲究，据说拔茅针时口里要念念有词："拔，拔，拔菰荻（我们这里方言）"，就不会拔断了。还有，凡是蛇出没过的地方是不能去的，吃了那样的茅针会中毒。不知是真是假，反正一旦传说哪里出现过蛇，那片地里的茅针再无人问津确是真的。

吃饭的时候到了，看吧，弯弯曲曲的田间小路上走着的都是满载而归的伙伴。想想，乡下，小路，河边，土坡，温暖的阳光，一大群无牵无挂的孩子，嘴里嚼着嫩嫩的茅芯，蹦蹦跳跳地来，津津有味地回，童年的早春，就在清新香甜的滋味中度过了。

豆　腐

冬天吃豆腐。买来的豆腐方方正正的一大块，搁在盘子里。盘子放在饭橱上，屋子里就散发出淡淡的豆香。趁母亲不在，赶紧用刀切下一角放进嘴里，豆腐滑滑的、凉凉的，吧唧一下嘴，没了。哥哥也来凑热闹，他专门掰豆腐边吃。边上的豆腐印出笼布特有的纹路，瓷实，更有嚼头。

早晨吃豆腐一般是凉拌。把大葱切成细丝，豆腐划成长条。撒点盐，滴儿滴香油。拌匀了，一清二白，是清晨的开胃小菜。但母亲经常把豆腐留到晚上吃。鲁北的冬夜漫长，昏黄的灯泡悬挂在头顶，一家人围在饭桌前。小铁锅的四壁熏得黑乎乎的，雪白的豆腐在汤里翻腾，咕嘟咕嘟冒着泡。热气蒸腾，母亲仿佛置身云雾之中。耳边只听刀铲叮当叮当的声响，一会儿递出馒头，一会儿递出玉米粥，最后是一大海碗豆腐汤，漂着蒜末和芫荽末。母亲一边放下大碗，一边对我们几个说："小心烫着！"我们各自夹起碗里的豆腐，吹气，"噗噗——呵"，吃着吃着，脸蛋逐渐变得红通通的，漫漫长夜也就很快过去了。

常来卖豆腐的人是邻村的，姓邱，但不知为什么人们都叫他老袁，大人孩子都这么叫。也许是小名吧。听，梆子一响，大家就知道老袁来卖豆腐了。那声音不紧不慢，脆脆地盘旋在大街小巷，"唥唥，唥唥"，那时节主妇们还没计划好一天的饭食。"唥唥，唥唥"，声音空廓、笃定，告诉你，他的豆腐绝对是不错的选择。

母亲从碗橱里拿了一只盘子出门，我也跟了去。老袁的独轮车停在路边。他个子不高，戴一顶棉帽，两个帽翅在头顶中央挽着结，不是极冷的天气不会放下来。见到有人来，他停下手里的梆子。撤掉四周的木格挡板，掀开最外层的塑料布，露出里面的笼布；再小心地揭开笼布一角，白生生的豆腐就呈现在眼前了。先称盘子，再根据斤两，割好豆腐装盘，称称，付钱。忙碌完毕，他再盖好笼布，裹好塑料纸，安好木格挡板，梆子声再次在村庄上空盘旋。

女人买豆腐爱计较，有人爱吃豆腐边，割到中间部分就觉得不满意；秤杆若不是抬得高高的，也觉得吃了亏，吵吵闹闹，叽叽喳喳。每天，老袁的豆腐车子四周都要热闹一早晨。赶上年景好，一个豆腐，转悠大半晌就卖光了。但赶上收成不好，大家都在嘴里节省，有时转一上午，豆腐才卖掉一小半。那时老袁的梆子声就有些急。梆梆的声响一个劲地随着风刮进房内，可空旷的街道上，就是没有人来。

落雪后的一日，天出奇的冷。风卷着雪沫在房檐上、河沟边翻滚。这样的天气小贩们该歇歇了吧？正想着，老袁的梆子响了。可是天冷钱紧，生意凄凉。约莫响午时分，我听见门口有人说话。母亲迎出去，隔着窗玻璃，看见老袁站在院子正中，脸上有为难的样子。母亲跟他说了会儿话，他一边说一边做着手势，母亲点了点头跟着他出门去了，不一会儿提了豆腐系子进屋，上面摆着几大块明晃晃的豆腐，大约有七八斤的样子。"天冷，买卖难做，遭罪啊！"母亲一面往小铝锅里整理豆腐，一边喃喃自语。收拾停当，她开抽屉，从小铁盒中挑出两张纸币，让我连豆腐系子一起送出去。我戴上棉帽，跑出屋子。老袁正倚在门口的避风处抄着手取暖，他戴着大棉帽，帽翅已经放下了。脖子上系了一块塑料布。看见我，连忙欠欠身，接过了木头系子和钱。我看见他的右手，拇指和食指上都缠了胶布，没有被胶布遮住的地方，露出皲裂的皮肤，那么冷的天，他的手裂着口子。我的心忽然一酸，每个冬天的早晨，他就是用这样的手做成豆腐，再一斤一斤地敲打着卖掉的。再看他的两只胳膊上也多加了一副套袖，油腻腻的，看不出本来的颜色。以前怎么没见他戴呢，是今天早起匆忙，忘了摘下，还是戴了它可以御寒呢？不得而知。

那些豆腐我们一连吃了好几天。

素炒小白菜

她称呼我"美女"，带着浓浓的方音。在盛大节日来临之前暂时宁静的一汪湖水旁，她小心翼翼地问我："美女，你看我们这儿的风景还好吧？等你看完了，去我们小店里吃饭吧？"

当时，我正坐在一块长方形的石头上，拿着手机拍湖边的两个女人。她们在沙滩上赤足漫步，已经是九月底的天气，早晚时分，人们开始披上薄外套，我赞叹远方那两个女子脱履试水的勇敢，而对于身边这个主动上门招揽生意的妇人并不在意。何况，她推销的"鱼头宴"，我们昨晚刚刚吃过，已经感觉不再新鲜了。

天公并不作美，湖面上始终有雾霭笼罩。这一片山水，第一次来时，有群山清风，一只雄鹰在高空翱翔。这一次专程造访，却只见雾霭沉沉，太阳连个照面都不舍得打。夜晚呢，白天没有太阳，晚上有月光照进酒杯，也是人间难得的景象吧？偏偏那天是初二，连一弯细线似的月亮都没有。心里实在有些隐隐的不快。

她并不知情，看我不热心，便把注意力转向同伴，热情地推介："我们这儿，水好，打出来的鱼，绝对新鲜，你相信我。"抬眼打量，她的肤色、眼神，就是那种下过田，受过累的人，无形中放心不少。

"你们的鱼，多大？"终于开口问了她一个问题。其实心里想到的是昨晚的一番际遇。在路边的一家"老店"里，那个看似朴实的老板娘，满口答应着给挑拣一条小一点的鱼（据说，当地的鲢鱼，要做得好吃，起码要在五斤以上），结果，"砰"的一网下去，上称一约，九斤！我们俩人，面对一桌子鱼，愁得不行。在外旅行，又不能打包，一顿饭，吃得心里堵得慌。

"不会坑你，你们两个人，吃一条四五斤重的就足够了。"她好像猜透了我的心事，抽出一张名片，递给我，说："过来尝尝我家的菜吧！尝尝我们做的鱼，还可以赠送一个，你们来一趟也不容易。素炒小白菜，很好吃啊！"她的"很好吃"加重了语气，似乎在这个雾气蒙蒙的湖边，那一道素炒小白菜，是拨冗见日的路标，指引着我们在几十家"老店"里轻易分辨出她家的那个。

和同伴相视一笑，答应去她那儿看看。她就识趣地告辞走了，和来的时候一样，轻轻悄悄地，神情里反而有几分打扰别人清静的亏欠。这一点，倒和某些景区那些用尽手段争抢客人的店家不一样。

太阳在云间穿梭，肚子确实饿了。兜里装着那张硬硬的名片，却并不当真。一路踅摸，看到一家干干净净的，走进去。抬眼看看店名，竟然就是那个草帽嫂推荐的。真是巧合。鱼是不吃了，点了一盘炒鸡，一碟豆腐，按价钱，没有达到"赠菜"的标准，但是同伴顽皮，把名片亮给服务员，说："你们老板娘亲口承诺给这位美女赠一个菜的，你去问问还算不算数？"

服务员噔噔噔地下楼去，我嗔怪：人家推销的，就是说说而已，你倒当真了？

"也没当真……"他冲着我笑，一脸促狭的神情。

湖水浩渺，就在路的对面，兀自将水波一拨一拨地推送过来，山风，吹得店前的横幅飘飘荡荡。流云过眼，松涛在耳，我，我们都不过是这一方天地山水的过客。既然是一时的过客，谁会在意那临时许下的承诺？那碟小白菜是不想了，我想到的是当年初到此处时的情景。秋风中，脚步轻快地踏着山路，一路采撷风中摇曳的黄菊，犹如那个去外婆家的小红帽，循着花香和流泉，去踩过无忧无虑的过往。而今天，是谁的巨手一拨动，时间的指针就跳过了十年，只剩下揣了累累心事的我、添了皱纹的我，对这片山水茫然喟叹！我去找谁讨要逝去的流光和闲暇的心境？

两道菜很快送上来，吃着吃着，楼梯又响，服务员又呈上一盘，放下，赫然是一碟清清白白的素炒。菜叶脆生生的，秸秆白嫩油润，放了几颗花椒粒，尽管不曾入肚，但看着就下饭。我们俩又相视一笑，赶紧道了谢。服务员走了，整个二楼就留下我们两个人。

"什么感觉？"我问他。

"世上还是好人多呀！"说完，两个人哈哈大笑。

可不是？桌上摆着的，是分明的真实，是最初的承诺，更是一份好的情怀。心情突然豁然开朗起来——时光流逝如何，是个过客又如何，此刻，这里有山有岚，有湖有烟，有一个好的同伴，安静的午后，有一份不曾料到的慷慨兑现的承诺，也有一份回馈的感念。你还要多么好？

多年之后，那个湖，那个二层小楼临街的店铺也许都会漫漶不清，我甚至不记得那个店家大嫂的面目，想必她也不会记得当年这个偶然邂逅的"美女"，但我写下，写下她不知道的文字，皆因一份赠予的善意，皆因这份善意曾温暖过一个过客的心田，在这日渐荒芜的世上。

听　雨

　　大片的乌云从西墙头上冒出来，沙尘飞旋，扑打着院墙。母亲说："要下大雨了。"她指挥我们几个收拾院子里晾晒的粮食。她去场院里背柴禾。当最后一包柴草填满厨房，院子也收拾干净了，她这才松口气。关上房门之前，母亲习惯在门口摆上铁桶和脸盆。家里的门窗是杨木的，被雨水浇淋，容易变形，脸盆用来接雨水。一切准备就绪。当第一颗雨珠落进盆里，"当"的一声四散溅开，那清脆的回声便在木门外盘旋震荡。土腥气透过门缝挤进来，方才还悬着的心终于放下了。斑驳的木门，很快被飞溅的雨雾浸渍。雨水渗入木头的纹理，洇湿一大片。附着在门上的灰尘被冲刷干净，逐渐露出原有的绿漆。雨雾渐浓，绿色也变得更加深沉。

　　颜色深沉的，还有阶前的泡桐树。雨水顺着叶片滑落，在叶尖处凝结成一枚雨珠，像降落凡间的星星。闪着白光。一枚枚的星星前仆后继地坠落下来，形成一道清晰的雨帘。随之坠落的，还有去年秋天的桐果壳。挂了一个冬天，早已干枯，变成了乌黑色。此刻，它们在盆中漂浮着。偶尔被雨点击中，傻兮兮地旋转。

夏日雨骤。隔了一层房顶，静坐宇内，听屋瓦被疾风暴雨击打，落点不一，急促响亮，真如千军万马来袭。弦阵阵，是羽箭齐发。冷飕飕，是刀剑相搏。哗啦啦，是骑兵过处，马踏连营。身形不动，心思却已经飞驰千里。听者与被听者，一静一动。任你动者千般变化，室内之人自岿然如山。这份气度，绝非下雾、落雪之类所能带来，着实令人品出许多趣味。尤其是北方的屋瓦，这来自大地深处的土，经历窑火的锻造，筋骨变得异乎寻常的坚强。当它遭遇北方的暴雨，碰撞出的，是带有几许苍凉气概的火花。

南方人生活精致，雨水也显得温情，因此衍生出的传说、名胜也格外多。有一年去苏州园林，在拙政园见到一座"听雨轩"。厅室宽敞，雕梁画栋。推门可见枝条扶疏，启窗可观后园一池荷花。值得一提的是那轩的窗户，都用一种特质的纸张糊着。莹白透亮，在室内观景，格外有种朦胧美。身处这样一间干净雅致的所在，夏日观荷，秋日留得残荷听雨，想想真是一种享受。

听雨，骨子里是件雅事，非有一般清静之心者不能为也。雨落天地间，农人不能劳作，商旅不得行走。浮生草草，有老天赏得半日清闲，若不享受，实在说不过去。与其焦躁难耐，不若索性将牵绊之事放下。有三五好友对坐，谈心亦可品茶亦可。临窗而观，见雨幕斜织，碧野迷蒙。此情此景，实堪入画。又或独自静默，诸多前尘往事，齐齐奔来眼底。时光倏忽，檐声滴答，勾起心底深处埋藏之事、今生或恐难见之人。思念，亦非不可。且最妙处，乃在心之所向，惟天知、地知，而他人不知也。

落雨之时，家中若有闲置缸、坛之类，此刻恰有妙用。置于房檐之下，雨点落进坛中，声音另有一番趣味。坛子的世界是半封闭的，它们似乎向这个世界要求的不是富丽，而是空间。当雨点从天而降，"叮"的一声，在坛中回旋，余韵袅袅。这种情味是铁桶和脸盆所不及的。其中的原理颇像唱歌。歌唱者只有充分打开口腔，才有共鸣；有了共鸣，声音听起来才浑厚。所以，每个落雨的日子，我常将闲置的坛子摆在西窗之下，就为了听那一声声韵味悠长的回音。

记两则与听有关的小段。娘家院墙外栽了一溜青杨。春日里回家小住。半夜醒来，听闻窗外雨声窸窣，如同春蚕嚼食桑叶，沙沙作响。心下奇怪，明明晴空万里，怎么忽然下起雨来。推窗观之，但见一天星斗闪耀，细察声音来源，乃是微风轻拂，杨叶婆娑所致。重新躺下，再听，仍似雨声阵阵，但心头竟然有些许失落。又，某个深秋之夜，听风声大作。当时窗上已经装上雨搭。"啪嗒"一响，似乎阵雨降落。清晨开门，但见阶前梧叶纷纷，俨然铺了一地金色的书页。晨雾迷茫，几米之外人影模糊，踏着这样的书页走过天井，走上返程的路，整个人都觉得高洁神气。

自从搬入楼房，四壁皆是钢筋水泥，植物要么少得可怜，要么被修剪得中规中矩，令人扫兴。没了檐瓦，没了雨篷。落雨之日，只听排水管道中传来哗哗的声响，听雨之趣从此荡然无存矣。

一个叫苗苗的女孩

　　从小到大，母亲对我很不满意。尽管她对于改造我，有着宏伟的志向，也有指点江山的具体行动，但几乎每一次改造都是以失败而告终。即便她钦点的一群跟我玩的小伙伴，我在其中也经常是被欺负的那个。我可以举几个例子进行证明。母亲给我缝制了新沙包，六色花布，簇新，挺括。和那群伙伴玩游戏，玩着玩着，她们的沙包都装进了自己的口袋，地上就只有我的还在翻滚，最后我的沙包滚成了泥猴子。结果，回到家挨了母亲一顿臭骂。我暗想，游戏要玩下去，总得有人肯拿出自己沙包来吧？再比如，她们集合起来去恶作剧，蹲在一堵矮墙后面，朝着晒太阳的老头丢石子，丢一颗，骂一句。我觉得那老头怪可怜，不肯骂，她们就把矛头指向了我。最后变成她们几个蹲在矮墙后，朝着我丢石子……多年之后，我总结了母亲抱怨最多的一句就是"跟你爹一样老实"。母亲说这句话时，往往伴随着咬紧牙关的动作，她的眼神，横扫过来，带来一股寒意，让我从头凉到脚。我知道她恨铁不成钢，假如眼神可以化为刻刀，母亲肯定已经把深藏在我体内的内向、老实剔出来，剜得一点不剩，再填充进去诸如大方、机灵、调皮、捣蛋等品行。可惜能传授内功心法的，都得是绝顶高手，这类事，也只在武侠小说里有。

没有人知道，我这个降生在稻草炕上的小黄毛，多么希望能将自己埋进泥土，长出另外一副心肠。母亲常常一脸失落地说："你看人家某某的孩子，心眼儿多啊，眼珠一转一个心眼儿。"

没人的时候，我便拼命转眼珠。信念有多虔诚，行动就有多努力。从左到右，从上到下；夜里转，白天也转，转得头晕目眩，有一次差点滚到沟里去。邻居家的奶奶有一天终于忍不住问母亲："你闺女的眼没啥毛病吧？"

种子埋下了，再怎么施肥浇水，该不成材的还是不成材。后来，我便停止了尝试。有了弟弟，母亲更忙了，她没有那么多的时间关注我，也渐渐放弃了改造我的计划。从此，我便可以光明正大地去找自己喜欢的朋友玩。很自然地，我想到了苗苗。

她的家在村南，前面是一座小池塘，池塘西侧，是苗苗的姥姥开出的小菜园。再往南，有一座氨水池。用水泥预制的。上面印着五个大字：农业学大寨。每个走到村口的人，都会一目了然地知道我们村的奋斗目标。

有朋友的春天才是春天。每天早饭后我走出家门，仿佛肩负一项神圣使命，沿着大街朝南走。像大人下地，像学生上学，我的目标明确，步伐坚定。迎着金灿灿的阳光，参差错落的房子在两边静默着，麻雀在头顶叽叽喳喳。沿街泥墙上暴露出陈年的麦茬，我沿着墙根，一路走，一路用手划着那些松散的浮土，在墙角留下一条清晰的划痕。隔着柴门一叫，苗苗就从家里跑出来，身后追着她姥姥的叮嘱。"水大，离河沟远点……"余音袅袅，却已经追不上我们的脚步。没有负担地玩，才是真正地玩！田野广袤，我们去村西的坡地拔茅针。一块儿去池塘边捞蝌蚪，养在罐头瓶子里。一起到已经变暖的小草沟里去捞波螺油子。有时会遇到原先的那群玩伴，她们有时友好，有时却突然变脸，隔了很远，大声喊："傻苗苗，傻苗苗！"苗苗傻吗？不傻，她只是老实巴交，多少有点憨憨的。

我觉得她们又在欺负人！她们欺负苗苗，欺负她年迈的姥姥姥爷，欺负她老实巴交的舅舅。苗苗呢，她嘴里小声回骂着，一边拉起我的手，说："咱们换个地方吧！"一前一后，我们穿过田野，走回家去。生气了，她就走得很快；不在意，就不动声色，我俩像两艘船，一前一后，迎风破浪，把哂笑和讥讽留在身后。

据说，猿类的记忆只有三天。无论多大的仇恨，三天过去，它们就什么都不记得了，留下的只是云淡风轻。我是一个积累心事的人，谁打过我，骂过我，我需要很久才能释怀。并且可以肯定，人类社会中类似我这样的人不在少数。小学五年级时，我前面的那位同学经常被同桌辱骂。她不还口，但她有自己的一套方法。这边骂，那边提笔唰唰在本子上记。她说她要一字不落地记下来，等将来有一天再变本加厉地还回去……她的长远计划让我很是佩服了一阵子，但也觉得一种悲哀。那厚厚的本子，多年之后，她真的还留存着么？苗苗是个女孩子中的异类——她的记忆似乎只有三天。再遇到那群人，她似乎已经忘记了之前的不愉快。大家玩就玩，不玩拉倒，不往心里去。假如不出去玩，我们就蹲在她家的园地里，看她的姥姥种瓜，种菜，种蓖麻。拿着小铲子，先掘一个坑，再把种子埋进去。培完土，用小铲子啪啪啪地拍打结实。几阵春风，一场春雨，蓖麻们钻出嫩芽，在煦暖的风里张开手掌。夏天，蓖麻们开出碎碎的花，红的，黄的，鲜嫩的藏在叶间。苗苗的姥姥就提了篮子来掐蓖麻花，说是腌了当咸菜吃。

我突然很佩服她的姥姥。因为我吃过的咸菜种类很多，像萝卜啊，地瓜啊，胡萝卜啊，藕头啊，豆角啊什么的，蓖麻花却是第一次听到。再去她家，就见到在墙角一只黑色的大瓷盆里，有被泡软了的蓖麻花。苗苗挑了一筷子，我尝了尝，软软糯糯的，有一股子白萝卜的奥味。她的姥姥还会蒸各种野菜糕，撒了面粉，蘸了蒜泥，也是我第一次吃到。

　　从此，我便有了植物瘾。此世界之外，原来还有另一个绮丽神奇的世界。这种瘾一直持续多年。上了小学，自然课上老师让收集植物标本。下过雨后，我和苗苗便相约一起去野地里挖菜，找各种各样新奇的植物。上树、掘地、下池塘，爬梯子，那个夏天，我们过得风风火火。最难忘的一次，我爬到高高的泡桐树上折桐树花。往下滑的时候，把腿刮伤了。留下一个月牙形的伤疤，那是一次自豪的负伤。我没哭，苗苗却眼眶红了。在此之前，我还从来没见她哭过。我还曾把一截杨树枝折回家做科学实验，泡在茶杯里，搁在火炉旁边的暖气包上。几天过后，母亲把树枝扔了，如果不是我及时大喊一声，她差点也把茶杯也扔出去。秋天，我惦记那一树黄叶，也会穿梭在苗苗家的园子里，帮她的姥姥收蓖麻。蓖麻壳爆裂之后，露出里面光溜溜的蓖麻子，晒在垫子里，由下乡的小贩收了去，可以换油。

　　冬天的一日，我去她家学习。那天我们复习《小马过河》，老师让抄课文。进了里间屋，苗苗的姥姥正在洗脚。渣滓炉子呼呼地冒着青烟。她的脚下搁着那只黑色的大瓷盆。大半盆水，浑浑的。苗苗曾经告诉过我，她姥姥好几个月才洗一次脚。那是我第一次见到裹脚的样子。很吃惊！所有的趾甲都扭曲着向肉里生长，脚踝以下形成一个粗粗的圆圆的立体圆锥，让我身上一阵一阵汗毛倒竖。苗苗的姥姥看见我，亲切地朝我笑笑。那种笑容，让我想到课文里那头阅历丰富的老牛。回家后，我跟母亲说："苗苗的姥姥用和面的大盆洗脚！"母亲支吾一声，不以为然。我却因此再也没有吃过她家的干粮。他们一家人凑在一起吃饭，我在一边却想起那粗粗的圆圆的立体圆锥，胃里一阵恶心。

　　和苗苗在一块儿玩，她的话不多，我就显得能说了。我们很少亲密地手拉手，但有些事，不一定非得拉手才见出亲密。长大之后，我一直不习惯跟人勾肩搭背，甜哥哥蜜姐姐的，也许就是这个原因。我们一起做得最多的事，就是游逛，在游逛中背诗，在游逛中收集标本，或者就是漫无目的地走。她不止一次地夸我脑子灵，记事快。她的姥姥也不止一次夸奖我手巧，做事仔细。我给她卷叶子烟，随便抟揉几片叶子，揉得碎碎的，再卷成细细的长条。她吸一口，青烟缭绕，飞旋着在窄小的院落中升腾，被风撕裂，直至消失。

我真的聪明？我真的脑袋灵光？我有点怀疑自己。虽然我的内心因为这些夸奖而升腾起一股暖流，但现实生活中，我依然打不过别人，不会骂人，甚至在上一年级的那个秋天，原来玩伴之一的彩红，还把我堵到学校的厕所里，用一支断了的铅笔，换走了我的一支带橡皮的新铅笔。

苗苗曾给我鼓劲，让我去告诉老师。我反复考虑，还是息事宁人了。但我不否认，童年里来来往往的人很多，有些人的一瞬，莫名其妙就成了永恒。

那天在街上玩，忽然发现富贵家门前聚集了一群人。挤进去，看见一个女人站在人群中央，她边说边比画，一下子就吸引了我的目光。究竟是什么，我一时说不上来，也许只是一种气质？一种派头？那个女人大概四十岁，她的话，一字一句，迸溅到地上，回声铿锵。她长得耐看，声音很好听，她的手势甚至口型都那么得体，多少年了，似乎再难遇到那么一个深深感染我的演说者。她是来我们村走亲戚的，但她委屈，发现自己受了不公正的对待，她呼唤正义和支持。我觉得那个人像破空而来的天使，向我暗示，好口才对于一个人安身立命有多重要。

那个黄昏，我破例没有去找苗苗玩。当彩红再拿一个破本子跟我换新本子的时候，我说："让你爹给你买吧，不然我就去告诉老师了！"她很诧异地看了我一眼，转身，悻悻地走了。

年底，我领到了平生第一张奖状。寒风凛冽，我从排列整齐的队伍挤出来，接过老师手里的奖品，又在众人的目送中回到我的位置。我踢踢踏踏地走回家，胡同里回响着我的脚步声，那是腊月，却仿佛有三月金灿灿的阳光朗照在我的头顶，从此，我的生活揭开了新的一页。

我的伙伴们，有的留级，有的升级，有的转学。苗苗什么时候离开村子回到自己的家，我不记得了。她好像一夜之间淡出了我的生活，从此人生再无交集。相聚和离别，常常只是一步之遥；而欢乐和忧愁，也几乎分割不开。但我相信，无论她最终到了哪里，她肯定能生活得很好。因为她温厚，平和，像一株植物，可以落地生根。

三十多年后，我回娘家，破例到老村里走了走，原先的村落已经夷成平地。当年的老人多半已经入土。氨水池也已经砸毁，填平。空荡荡的风里，只有村口小池塘还在，远远的，池塘的坡地上竟然还有一圈蓖麻，张开温厚的手掌迎接我。想不到，这种已经过时的植物还有人在栽种！我的泪突然来了。生命里，"姐姐"这个角色是缺席的，而苗苗曾经填补过这个空白。每个人的生命中都有缺口，那些缺口形成通道，其上人来人往。她们披着棉布衣衫，赤足，肤色发黑，裹挟着异域的风尘。

小镇生活

一、取钱

小镇上原有三家银行，沿国道由北向南依次排开，分别是信用社、农行、建行。几处银行相距不过百米，门面装潢各有千秋。后来不知何故，建行撤走，留下半壁楼宇，一庭荒草，在每个黄昏时分准时传递凄凉。剩下的两家依旧火腾。因为都和"农"字沾边，光顾其间的，也多是裤脚沾泥的农一代或者脚底沾泥的农二代。大家出身相同，互相看着顺眼。故很少见到有人在柜台前发生口角，更鲜见有大打出手的场景。

儿时印象中，能和银行打交道的，都不是普通人。我有一本家伯父，公家人，每月薪俸多少不知，只知道旱涝保收。发薪之日，伯父总要穿戴干净。曙色微露之际，自行车已经推至中庭蓄势待发。发薪需加盖个人印章。印章由伯母保管，伯父家中人丁兴旺，伯母又不是精细之人，因此，每到发薪之日，照旧需要一番掘地三尺的忙碌。找钥匙，开箱倒柜；寻找不得，呼喝老大小五，伯母声嗓之巨，乃令半个村落听闻。伯父唯唯诺诺，紧随其后，大气不敢喘。常常忙碌到满头大汗，失魂落魄濒临绝望之际，方才觅到那一方小小图章。

图章找到，伯父擦擦汗，小心将图章装入囊中，继而换一副意气风发的神态，推车出门。大门口照例要咳嗽几声，貌似清清嗓子。那声咳嗽，不同于肺痨、气管炎之声嘶力竭，而是中气十足，回声嘹亮，恍若轮船开启之信号。其人渐行渐远，伯母这边一边嘟囔，一边张罗将箱柜复归原处。工资到手，援例存到银行，以备不时之需。拿着存折去银行，总是一件内心感觉很光荣的事。囊中不空，底气充沛，双目放光，看到熟人、半熟人甚至陌生人，均热情招呼，点头致意之间尽显和气。长大后，读辛弃疾"我看青山多妩媚，料青山见我应如是"之句，多少有点这个意思。一个长时间才去一趟银行的和经常跑银行的人区别大致在此。

我老爹半世辛劳，至六十之后才有自己的银行户头。他识字不多，最怕和公家人打交道。所以存取钱之事也多是由我代劳。自小镇融入经济大潮以来，银行业务面拓宽，生意渐忙，但服务窗口却不见增多。有几部自动取款机，但百姓多还是习惯将钞票经过营业员之手，方才觉得稳妥。又及，自近年起，新规定实行银行轮休制度，自此，周六歇息一日，周日则窗口轮休。此举人道则人道，又生出新的弊端。

八月间，恰逢周日，我去农行取钱。八点半门开。我去时八点四十，前面已经排到十七人。座椅上几乎客满。大家屏息静气，急待灯亮窗启。待到八点四十五，始见一号窗口有人慢吞吞活动。其他两个营业窗口则继续免战高悬。两窗皆用一幅大的招贴画挡住帘后无限风光。窗口打开的这位，四十多岁。不知昨夜通宵输钱还是跟老婆大吵一架，总之，写着满脸的不快。下眼泡浮肿，上眼皮似乎挂了千斤坠，半晌不见抬起。偶尔挣扎张望，则是白眼球多，黑眼球少。在这样的环境之下，时间似乎凝固，让人恨不得一块西瓜皮拍过去将其敲醒方才痛快。

九点之后，第二个窗口张贴画后方才传来一声咳嗽，随即，人声窸窣。对于饱受排队之苦，焦急于座椅上等待之人来说，此咳嗽声恍若天籁。京戏中主角登场，"未成曲调先有情"。一干人等，张目翘首，半晌，见那卷帘悠悠上升，从帘后渐渐出现白衬衣，熨帖得体，其上，则渐渐显露一张大义凛然、公事公办的脸。我的号码恰好轮到此窗口。我名字叠字，平日有时简写，那日忙中出错，填写取款人一项时，少写了一个字。此人接过，凝视许久，又将我通身上下扫视一遍，大约在确认我并非冒名顶替的不法之徒之后，将单子懒洋洋扔出，曰："究竟是哪个（名字）？"

　　突然怀念起之前的两个前台营业员。其中一位爱坐在一号窗口的男士，生一张笑脸，待人和善。嘴上殷勤，手里不乱，常常是这边询问，稍待片刻，即可办理完成。将钞票和存折从窗口递出，不忘加一声："谢谢"和"请当面点清"。还有一位女士，常坐在二号窗口之后，长得多少有些中性，但手头麻利。有一次漏掉一字，她问明之后，随手帮忙写上。她的窗口前人员流动最多。我去银行数次，从未见她有藏在招贴画后面剪指甲或者打盹的时候。

二、寄信

　　从外观上看，邮局的样子更像是个百货商店。沿街一溜平房。里面有柜台，有挡板，有顾客来来往往，所不同的，小镇的商店招牌隔一段时间就换一次，而邮局则数十年不变。从尘土飞扬、汽车喇叭轰鸣的国道向西一拐，走个二三十米，两行绿柳中闪出一幢青色建筑，青砖，白墙，顿觉几分幽凉和清润。

　　邮局是一处驿站。羁旅的愁思，故乡的牵挂，都在此地进行短暂的停留和交换，然后飞鸟各投林。无论经济如何发展，当人们还需要鸿雁传书，当情意还可以写到纸上传递的时候，邮局就会依然存在下去。青砖青石的外观，很容易让人生发怀古之思。陆游写梅花，"驿外断桥边，寂寞开无主"，我没有见过驿馆，小镇上也没有梅花。但我曾经在同学带领下，深入邮局的内院。巷道空寂，两侧高墙吸纳了我们犹疑的脚步声。猛抬头，见几只凌霄花从砖墙内探出头来，活像传达室纱窗后警惕的眼睛，让人莫名心慌。

王维写过"渭城朝雨浥轻尘，客舍青青柳色新"。几千年前，道不尽的离愁别绪，寄托在一根小小的柳枝上，随着离别者远走他乡。这支从古代折来的柳枝，而今生根在了这个和赵匡胤行营传说有关的小镇上。它冠盖参天，凉风习习。当年送别的文人秀士皆已作古，雨打风吹，摧折多少英雄豪杰。多少年过去了，营帐不见，甲胄不见，连一匹像样的马儿都极少见到。偶尔会有牛车拴在邮局门外的大柳树上，是赶集卖瓜的。

初中时代的我沉默得像一棵庄稼。老同学各奔东西，新同学还不相熟，唯一可以说得上话的，是临铺的一个女孩子。长腿，圆脸。那时的住宿条件简陋，几十个人硬生生挤在两炕大通铺上。不翻身还好，一翻身，不是压上张三的胳膊就是碰上李四的腿。一咳嗽，两边邻居都会淋雨。谁睡着了，头一歪，热气就呵到邻居脖子上。尤其是夏季，正午时分我辗转难眠。她的觉却很好，我闭着眼，听她均匀的呼吸。窗外的垃圾的臭味被热风递进来，苍蝇也常来光临，似乎识人，围绕她的圆脸打转转。我挥手驱赶，苍蝇飞走；再盘旋，再驱赶。我累了，它斗志正盛。我放弃，它终于成功降落在临铺的鼻子上。搓搓手，显得很兴奋。

此起彼伏的鼾声里，思想的触角可以伸展得无限遥远。当时班里常有转学的，逢年过节都会收到信件。外域来风，恰如一颗石子，投进平静的心湖。也不单单是我，还有我的同学们。每当邮差到校的日子，就会有无数双眼睛一路追踪。一封信或者一张贺卡，虽然薄薄一张，但足以让年轻的心激动很久。那一张卡片上的字，翻来覆去地看，直到纸揉皱了，词背熟了，还舍不得丢掉。我也想写信，但思来想去，实在找不到可以收信的人。抬头不见低头见的，没必要麻烦邮局；家里有几房远亲，又似乎没有写信的必要。直到初三那年，圆脸女孩子到外地打工去了，我终于有了写信的理由。

问明地址，写好内容，时间已经过去了半周。内容不外乎问候她、汇报自己这边的情况。在一个安静的黄昏，我兴奋地把那封信投进了邮筒。

以后的日子，多了一份不动声色的盼望。我设想，在某个百无聊赖的自习之后，看见穿了绿衣服的邮差在教室门口张望，手里举着一封信，像一只即将放飞的白鸽。或者，那回信被班主任截获了，他举着放大镜在灯下研究半天，确定排除早恋的嫌疑之后，再悄悄交到我的手上。我仿佛看到，那信封是白色的，质地挺括，八分钱的邮票上盖着黑色的邮戳。我甚至想象，被同学们羡慕的目光簇拥着，那是一种不同于土坯和麦壳的芬芳……很多年后，我似乎很轻易地理解了人生：在碌碌的人世，有希望的人才是最幸福的，令人景仰的。人很容易平庸，沦落为一潭死水，如果他不曾向远方眺望或者迈开步子前行。我忽然明白，为什么那么多人热切地盼着远方来信。那是一粒粒种子，揣在心里，一日日地被暖热，随时可以抽枝展叶、开花结果，最终变幻出不一样的人生。

三个多月后的某天，在小镇的集市上，我偶尔见到了那个圆脸女孩。攀谈许久，她推车要走的时候，突然想起了什么又转回头来，略带歉意地说："你给我的信收到了，当时我已经快回家了，所以就没给你回。"

有去无回，不算圆满，第一次通信就这样夭折了。但这丝毫没有降低我对写信的热情。后来我收到无数外埠来信，也无数次去邮局投递。那里的人态度还不错，比银行热情得多。再后来，手机、电脑铺天盖地地占领我们的生活，地球成了村子，谁还有闲心去写信？很多年过去，我依然生活在小镇上。偶尔会想，张望外面的世界，有时不过是从一个囚笼，飞身投入另外一个囚笼。希望的背后是失望，沉入时间的水底，伴随着与它相关的一个个故事，再也没人打捞。

什么力量最大

没有什么比周末下班前接到紧急通知更悲催的了。

忙碌一周，好容易盼到周末，人在单位，可心早就飞向了菜市场。儿子最近读书很用功，要正经做几个硬菜，犒劳犒劳他。甚至已经盘算好，下班之后要第一个冲出大门，绿油油的小油菜，红彤彤的辣椒，还有整块的排骨都在向我招手……正美美地暗自盘算，突然接到紧急通知被集中起来开会。几位领导坐镇主席台，个个面色凝重，如临大敌。仔细一听，原来是接下来的十二月里，有大大小小九项检查。领导反复强调："人人有责任，凡是点到名的，周末都要加班。谁也不许推诿。"麦克风的嗡嗡声，回响在偌大的会议室里，黑压压的一群人，静穆着，竟然连一声叹息都听不到。休息权一再被剥夺，是大家真的习以为常了，还是知道即便站起来大声抗争也是于事无补呢？抬眼望向窗外，天色已晚，想必卖菜的小贩们，都已经收摊回家。心底残存的热情火苗，如同窗外的天色一样一点点暗淡下去。其间儿子打来电话，我只说了声"开会"，他便懂事地挂掉了。

散会，饥肠辘辘的人群迅速融入夜色。城市的上空，一场冬雨即将到来，空气中纠结着一团说不清道不明的雾气。亲自下厨希望彻底破灭了，无奈，只好踅进熟食店胡乱买点应付一下。想到一周没见的儿子，此刻不知道怀了怎样的心情抱怨我这个当妈的，心里不由得涌起自责。加快脚步，拐进单元门的时候，听到楼梯上有响动，不久，就见一老一少从楼上走下来。楼梯狭窄，我避让到一边，先让他们通过。祖孙俩一边走，一边谈论着什么。孙儿问："奶奶，你知道什么力量最大吗？"当奶奶的，六十多岁了，爬上爬下难免有些气喘吁吁，她没有直接回答孙儿的问题，而是在嘴里喃喃重复着"什么力量最大……"我在一旁脑筋飞转，猜测答案：会是大象吗？是奥特曼吗？或者，是我所不知道的某个动画片里的主角？

　　孙儿的手一直牵着奶奶的手，眼看已经到了楼下，他松开奶奶，三步两步飞跑到自家的电动三轮车前，大声公布了答案，"是老师说的"，他又补充了一句。奶奶气喘吁吁地赶上他，祖孙俩一道呵呵地笑起来。这个答案，于我而言，如同醍醐灌顶。狭小的楼梯间，似乎刹那间开阔明亮起来。

　　这个孩子的奶奶，我们曾有过一面之缘。有一次，她来接孩子，弄混了楼层，敲门敲到我家来。那是我第一次和这个老人面对面。认清了模样，似乎就时常见到了。每个周三和周末的放学时分，她都会来接送孩子。三轮车骑到单元门口，刹车很凄厉地一响，然后就听见一阵噔噔跑动上楼的声音。辅导的时间大约在一个小时。她就把车停到一个避风处，坐在旁边等待。夏天，太阳落山晚，日光打在她的满是皱痕的脸上，蒙了一层金光。冬季，天黑得早，不久，她就陷入暗影里。静默着，成为一个略显臃肿的剪影。

　　我们有时会在单元门口相遇，彼此都会打个招呼。

　　"您又送孩子呐？"我问。

她说："是啊，你放学了，老师？"

她叫我"老师"，恭恭敬敬的，带着慈爱。其实论年纪，她可以做我的母亲。

或许因为这份机缘，每个掌灯时分，我在厨房忙碌的时候，耳朵总留神听着楼下的动静。听见楼梯间一阵蹬蹬蹬蹬的脚步声，猜测是那个秀气的小男孩辅导完了。听见三轮车呜呜的发动声，猜想那是她带着终于完成任务的孙儿拐过宿舍楼回家。她没有随身携带钟表，却能准确估算辅导的时间。大约结束的时候，她就从三轮车上下来，走到单元门口，用脚踩亮楼道里的声控灯，等着从四楼飞奔下她的孙儿。她微笑着迎上去，仿佛所有的等待，就为了听到那声脆脆的"奶奶"。好几次我遇到她们，她站在灯光下，那笑容，是用皱纹堆成的，额头的沧桑却舒展开来。疲倦的身体焕发了活力。孙儿扑过去，依偎的仿佛是一座会移动的山。

有时我在阳台晾衣服，也会看到那小三轮车融入黑夜，心里总会涌起莫名的感动，想起春日乡下房檐间的燕巢。绿叶婆娑时，那里面同时探出几张嫩黄的小嘴。老的，一刻不停地忙碌着，飞去飞来，从不曾偷懒。想起篱笆旁的一畦青菜，从出苗开始，惦记着给它捉虫、浇水、施肥。想起生命的漫长与短暂，衰老与新生，想起生生不息的人世和纠缠不清的柴米油盐。

裹了一身寒气进门，儿子正拿了乒乓球颠球。茶几上赫然摆着两瓣切开的火龙果。一瓣被掏空了，另一半，满着，白白的瓤，黑色的籽粒，散发着清新的味道。"给你留的，妈妈，快点吃了吧！"心头蓦地一暖，小男孩的答案又清晰地回响在耳畔。看窗外，万家灯火，路上依稀还有匆匆而过的身影。想，无论规则如何禁锢一个人的身体，终究还有一份更大的力量，让人挣脱束缚得到滋养。正是它，让这个寒冷的冬日变得温情脉脉，也让所有跋涉的脚步，有了更充足的理由。

什么力量最大？

——爱。

142

打开枷锁的钥匙

家里的双层窗坏了。当时负责安装的，是一个熟人。他刚做这一行不久，技术马马虎虎，装完之后本着对熟人信任的原则，我也没好意思细细检查。直到他离开之后，才发现其中一扇窗户的撑挡装得不对劲。关窗的时候，得一只手摁住凸出来的卡子，一只手抓住外层窗扇，然后赌气一拽，才能"砰"一声合上。我天生力气小，关窗户的事就交给了先生去做。有时候他忘了，我也懒得提醒，天长日久，也就任由它敞开着。从夏天到秋天，我们都以为它就那么坏掉了。

今年冬天来得早，大寒之后，本地迎来了三十年不遇的寒流。那天下班回家，听着窗外汹汹兽吼的北风，看着那合不拢的双层窗扇，我突然萌生了试试看的念头，既然不能力敌，能不能智取呢？总不能让这扇窗子成为个失败的摆设吧？拉开内层，仔细看了看外层合不拢的地方，发现原来挡住的那个卡子已经锈迹斑斑。绣透的零件是没有力气的。找来钳子，我试着敲打那个撑挡部分，有门儿！卡子松动了，再来，用钳子一铰，竟然铰下来了一片。如是几次，蚂蚁啃骨头一样的，终于将障碍解除掉。惠风和畅，大道行远啊，我兴奋地双手握住外层窗扇一拉，吱吱呀呀，碾压过灰尘，碾压过年久失修的郁闷，像是久别重逢的亲人，窗户和窗框终于成功拥抱在一起。一股飞尘在合拢的刹那快乐地蹦跳开去，我觉得自己比拿了年终奖金还高兴。

记得顾城有一首小诗是这样写的：

你不愿意种花，
你说，我不愿看见它一点点凋落。
是的，为了避免结束，
你避免了一切开始。

不曾开始的人生固然规避了失败的伤感，却也再无机会尝试豁然开朗的喜悦，仿佛生锈的枷锁，永远死寂着，这多么遗憾。须知，行动才是打开枷锁的钥匙。这个世界有很多的未知，谁也不能保证每一次尝试都能成功，谁也不能保证每一次出发都能顺利抵达，但是如果你不做，就永远与这个世界无缘。大到人生目标的实现，小到关一扇大家都以为再也关不上的窗子，都是如此。

闲声着色汪曾祺

我这人有个坏毛病：读书懒散而且几乎不写笔记。似乎书是给别人读的，写点感想也像别人拿枪逼着，一百个不情愿。可这次拿到《汪曾祺散文选集》之后，感觉必须要认真读，用心记。为什么呢？原因很简单：作者写得太好。

汪曾祺散文最吸引我的有三个方面：第一，语言。第二，人物塑造。第三，幽默而淡定的心态。

汪曾祺曾说过：写小说就是写语言。读过他的小说，多用白描手法，简约朴实；而他的散文，则隽永，淡然，充满生活情趣，像"篱下小葱小菜一样清淡自然"。

《故乡的食物》里，写咸菜茨菰汤："腌了四五天的新咸菜很好吃，不咸，细、嫩、脆、甜，难可比拟"。平平常常的东西，随随便便那么一写，就能把人吸引住了。

写昆明的菌子："（干巴菌）洗净后，与肥瘦相间的猪肉、青辣椒同炒，入口细嚼，半天说不出话来。只觉得：世界上还有这么好吃的东西？"到底多好吃？你自己想象去吧！这就是汪曾祺的语言特色，平白如话，看似随意又很有张力。

此外，他的文中还多用方言、口语，讲究个自然之趣。如，《泰山很大》。（你听听这个题目！）"它（指泰山）太大了，写起来没有抓挠。""四川女孩往往很洒脱，想咋个就咋个"（《槐花》）。"抓挠""咋个"这类语言的运用让文章亲切自然，读起来没有障碍感。以路为喻，某些"大师"的作品盘曲嶙峋，美是美了，让人多少有些胆怯，而汪老的散文是一条乡间小路，似乎专门写给百姓，感觉踏实，舒坦，直抵人心。

其次，说人物。读汪曾祺的散文，其中水灵灵的人物形象给人印象特别深刻。

《跑警报》是我读到的第一个长散文。讲的是作者在昆明时为躲避日本轰炸机而跑警报的事。其中刻画绝妙的有几个人：一个姓马的学生，每到警报声起，"他就背一壶水，带点吃的，夹着一卷温飞卿或李商隐的诗，向郊外走去"；有个侯姓同学，不仅可以准确报警，而且"一有雨，一定一马当先往回奔，去各个宿舍搜罗雨伞，放在校门外，见有女同学来，就递过一把。他怕这些女同学挨淋"，"侯兄送伞，已成定例。闻名全校，贵在有恒"。作者三言两语，勾勒了人物的轮廓。如果说姓马的师兄跑警报跑出了悠闲，那么姓侯的同学跑出了男子汉的柔情。读来令人忍俊不禁。

水灵灵的人物，来自精当的白描。有人说，中国现当代作家里面，白描用得最好的当数鲁迅和汪曾祺。仅仅《跑警报》一篇，足已领略汪氏白描的魅力。

"大凡为文，初则五色绚烂，气象峥嵘，渐老渐熟，乃造平淡。"这是苏轼说的。读汪曾祺的散文，这一点感受尤深。年岁越高，心境越发澄澈。他的许多散文都让人感觉一种尘埃落定之后的平静和淡然。

还是举《跑警报》这个例子，本来是写战争阴云笼罩下的大学生活。

在他的笔下，学生们可以利用跑警报的时刻躲避在郊外的松林里看书、休息，还可以躲在洼地里谈恋爱。更有甚者，对警报置若罔闻：一个利用这个机会洗头，一个去锅炉房熬冰糖莲子羹。

为什么写这些人？不为什么。但在结尾作者写道："我们这个民族……对于任何猝然而来的灾难，都用一种'儒道互补'的精神对待之。这种'儒道互补'的真髓，即'不在乎'。这种'不在乎'精神，是永远征不服的。"这句话，不是作者有意指点，但他泄露了天机，读者恍然明白：这些个性鲜明的人，这些可爱的人的精神面貌，他们个性中有着共性的东西——即在灾难面前的达观和对苦难的蔑视。翻回头来，我们再看看那个悠闲的马生和侠骨柔情的侯生，是不是在字里行间发现了一点别的意味？

"为了反映'不在乎'作《跑警报》。"——这就是汪曾祺，不渲染苦难，而是将苦难和沉重化解，给读者以滋润和休息。

类似的例子还有许多，诸如《随遇而安》《自报家门》等，在此不一一列举。

读过一段记述汪老散文写作心得的文字，他说：

"写散文应克制，不要像小姑娘的感情那么泛滥。老头写情书，总归不自然。有的散文家的作品像一团火，熊熊燃烧，但看完空空洞洞，留不下什么印象。没有坎坷，没有痛苦；便写不出来好文章。散文不能落入俗套，要平易自然；我希望把散文写得平淡一点，像家常话、写家信那样，切忌拿腔。拿调。"

这段话让我很受启发。这个时代不缺热闹，但想找个宁静的去处，难。因此，浮躁的时候，不妨读读汪曾祺。

第四辑：人生一炉火

在外祖父的土地上

外祖父割草用的是一种特制的镰刀，湖区人常用。这种镰刀刀把长，刀刃厚，辐射范围广。木质的刀把，渗透了陈年的汗水，已经变作深红。在外祖父的手里，它像一个积累了丰富作战经验的勇士，势如破竹，攻无不克。野草应声倒下，穗子铺在地上。青草的气息在四周弥漫。他要赶在种子脱落前把它们割下、晒干，然后运回家里。那些圆溜溜的、灰褐色的，或者带芒的草籽，是一家人过冬的口粮。

秋天到了，候鸟们可以追随温暖的阳光而去，而外祖父却选择留在家乡。他参加过红军、新四军，履历虽然提供了许多选择，但他最终回来了。中国的孝道，在外祖父身上展现得淋漓尽致。

这些都是听母亲告诉我的。外祖父先是在距离村庄很远的一个湖区管理农场。缺吃少穿的年代，他坚守自己的原则。粮食是公家的，一粒也不能动。但野草可以割，所以整个夏末秋初他都在收集草籽，以免他的家人饿死。

我记事的时候他已经老了。有六十多岁，是一个见了我就笑眯眯的老头。

回忆是曼妙的，对我来说。许多片段模糊了，在时空隧道里，它明明在那里，当我试图走近，它又不见了。这反而激起我探寻的渴望，利用各种各样的渠道，试图还原当年的许多场景，即便徒劳，依然津津有味。

我跟着母亲去看他，一住很多天。那段行程很快乐。以至多年后，在家乡的地图上读到那些沿途村庄的名字，心头就涌起一股暖流。耳边仿佛响起他的呼唤。他喊我的小名，笑眯眯地拖着长音。

他坐在我家唯一的桌子前，桌子摆在当屋。一把没有椅背的椅子靠在大灶的旁边。桌子黑乎乎的，他背来的口袋放在桌腿旁。我飞快地打量一下鼓鼓囊囊的口袋，再看看他。衣衫干干净净，新刮过胡子。这个样子不太像他。我想亲近他，又觉得为难。他抹去头上的汗，逗我："我在你家吃完中午饭再回去，行不行啊？我一顿可是能吃好几碗。"

我怯生生地看他，他满含期待，等我回应。我终于点了点头。他就笑了，说："没白疼。"

他带我去黄河滩。我们爬上高高的黄河大堤，听白杨树被风吹得哗啦啦响。他经常手搭凉棚，向远处看半天。远处是村庄，低矮的房子错落在一条围堰后面。土地贫瘠，小南风一刮，院子里就落满沙土。看着看着，他的眉头就皱起来，我也不再吱声。他去园子里转一圈，让我等在树下。不一会儿倒背着手转回来，咳嗽一声，然后"刷"一下把手举到我眼前，手里就多了俩红红的桃子，惹来我一阵雀跃。冬天的早晨，我从被窝醒来，看到他在门口捂着耳朵跺脚："快起来快起来，跟我去找找耳朵，太冷了，冻掉了。"我急忙穿衣下炕，扯着他的衣襟就跑。他看一眼我眼里噙着的泪，哈哈大笑，把头颅一低，棉帽一摘：花白的头发里，两只耳朵藏得好好的。

他就安葬在黄河滩里。那里有树，有草。春天里，一场雨过后，花就开了。鸟儿在树丛里叫。我想，他不会寂寞。

母亲说他后来调到镇上工作。因为队里一分钱的账目不对，他噼里啪啦地打算盘，打个通宵，直到所有的账目都齐齐整整。有时候送通知，到各个村庄去。他骑着大红马，一天奔波下来，累得腰疼。

从那以后我养成了一个习惯，走到他的土地上，就要凝神听一听，有没有马蹄声达达走过。

如今这片土地上，一片片速生杨正在茁壮成长，它们拔地而起，顶天立地。低洼的积水坑已经被改造成淡水养殖基地。成片的水稻在大田里抽穗、结果。"五道口"大米已经成为品牌蜚声海内。一个古老的乡镇，正以自己的特色和优势悄然崛起。

当你乘车远行，这样的小镇你可能见过不少：属于农耕类型，以农业为主导，林木茂盛，田野开阔。村镇上五天一个集市。那一天，人们从四面八方赶来，进行最基本的商品交换。但在北国，在黄沙莽莽的苍凉里，当你忽然发现有个地方隐藏着一带清水，有万亩稻田。这里，清一色的乡间公路四通八达；民居整齐，院落开阔。当你发现这里水荡纵横，藕花飘香的时候，当你见到白鹭、野鸭自由飞翔的时候，你一定会对它刮目相看。

它的名字叫旧镇。这里是我外祖父工作、生活和长眠的地方。

我不是在讲一个故事。事实上当我们看到现象的时候，你会明白，有些东西其实一脉相承。

一条路通向山里

半夜里，呜呜的风声开始在纸窗上吹响。山风撒开毛茸茸的脚爪，攀上窗棂，瞪起幽幽的眼睛，借着晃动的树影向洞内窥伺。洞内昏灯荧荧，灯光映着年轻人微微蹙起的眉头，一双骨骼粗大的手，捧着一本厚厚的《史记》。在时空的隧道里，他正与历代的帝王将相相遇。探索，交锋，碰撞……他的眉头忽而攒聚，忽然舒展。显然，他沉浸在书本的世界里。这份专注似乎让窗外的窥探者有些沮丧。于是，它裹挟起更多的灰尘，恶作剧般一次次撞向木门，直到"咣当"一声，破旧的木门终于被撞开方才罢手。一些尘土和落叶的碎屑躲闪不及地扑进室内，跌落在坚硬的地面上。灯花扑闪扑闪，险些被吹灭。年轻人这才恋恋不舍地放下手中的书卷，拍一拍麻木的双腿，走到门前，将它重新闩好。

惊悸的灯火终于恢复了平静。书桌对面简单的锅灶，躲在暗影里，昏昏沉沉的。家里人送来的小米已经被他熬成粥。现在，粥已经冷却，散发出小米特有的甜香。他把粥画个十字，分成四块。这是他早晚的口粮。粥很稀薄，只能暂时果腹，却不能真正充饥。此刻，他的肚子又在咕咕叫了，他看一眼锅灶，犹豫一下要不要再吃一点。暗影里，两只小老鼠不知何时攀上了灶台，借着微弱的灯火，年轻人看见它们一只身体发白，另一只通体发黄，它们正在兴奋地谈论，似乎正在商量怎么划分这难得的美味。

年轻人赶紧起身驱赶，两只老鼠似乎交换一下眼色，轻快地跑向洞外。留下一行不易察觉的脚印。那个有些奇怪的眼色被年轻人捕捉到了。他有些好奇，追了出去。

山野孤寂，平时很少有人来。为了躲避寺内小和尚的喧嚣，他选择了半山腰这处山洞来读书。一天星光在他的头顶闪烁。山风浩荡，扭曲的枯树，面无表情地站在原地。斜坡上的洞穴空了，像一只只深沉的、注视着的眼睛。他整理一下粗布的衣衫，借着微弱的星光，查看老鼠的去向。老鼠转到荆树丛后，不见了。只有两边鼠洞隐隐闪出光亮。

天上的星光突然消失了。大地一片死寂。让人感觉好像走进了造物主的某种设计之中。

人类的恐惧，往往来自对于即将发生的事件的未知。他的心也在打鼓，但他还是找来一把铁锹，试探着向着闪光处挖下去，"当"的一声，铁锹和什么东西碰撞在一起，在夜晚的岑寂中掀起一阵动荡的波纹。把浮土向两侧撇开，裸露在他眼前的，是一只陶罐。打开盖子，满满一罐的白银。另一侧，他挖出了一罐黄金。拿起一锭，黄金沉甸甸的，真实地占满他沾着土屑的手。凉凉的质感。只要一锭，就足够他一年的口粮。那这两罐呢，足够一个中等人家一生衣食无忧。

他有没有犹豫徘徊？"原则"这东西究竟是虚空的，还是实在的？没有人知道。当他把陶罐原样埋好。拍拍身上的土，若无其事地走回山洞，继续挑灯夜读的时候。风停了。山风像灰狼一样静静地隐身到了柴垛里。它目睹了一切。

那一夜，下霜了。洁白的霜花，一点点凝结在草叶上，树尖上。软绵绵地，悄无声息地落满山野。

三年后，年轻人怀揣理想，走出山谷。像一棵树，他拔地而起，顶天立地，枝叶葱茏，飒飒作响。做官，他是清官；为将，他是良将；做宰相，他辅佐君王，忠心耿耿，刚直不阿。对乡里父老，他铁胆柔情。

几百年后，霜雪一次次湮没了进山的道路，他的脚印早已经漫漶不清，但有关他的典故传说却像黎明时分的雕塑，一点点在后人的传说中清晰可感。

十月的一天，我站到他曾经就读的山谷前。山谷幽静。黄叶纷纷坠地，如同蛱蝶一般，扑飞在石缝里，扑飞在草叶上。除了行走时的脚步声之外，这里一片沉寂。层林尽染。阳光从萧疏的黄叶枝头斜射下来，映出草尖上的轻霜，在它的表面分散开去，闪着莹莹的紫色光华。山菊花还在开着，一丛丛的，浅笑着。也有红色的枸杞子，坠在弧形的枝条上，悬垂着，像少女耳边的坠子，亲切的红。还有绿色的山韭菜，有着狭长的、窄窄的叶，分批躺倒在路边。拔下一棵，底下的根像个小蒜头，白生生的。山上的树木，大多是槐树。同游的朋友说，山里冷，槐花开得迟。别处的槐花四月开罢了，过上两个月，你到山里来，槐花开得正盛，漫山遍野的白。老树新枝，苍翠的绿叶间，满枝头都是喷香的花。

几番周折，我们终于找到了那个年轻人读书的山洞。

山洞还在。只是随着风雨的剥蚀，淤积，已经十分破旧。黑黢黢的石头下，高个子的头都抬不起来。同行的几个人都没有说话。远处有一只山雀在断断续续地唱，声音带着木质的沙哑。

脑海里涌出一句话"但得苍生俱饱暖，不辞辛苦出山林"。只是，一个不足二十岁的年轻人，除了慧通师父传给他的《易经》《左转》《战国策》《史记》和一些诗词歌赋之外，他抬眼看到的，只是一山草木。那时，"天下"在哪里？父亲早逝，随母改嫁到贫寒之家，自己尚且不能果腹饱食，那时，"苍生疾苦"又在哪里？一个名不见经传，因为出身贫寒被小和尚捉弄的年轻人，在寺庙苦读，在山洞苦读，那时，被朱熹赞为"天地间第一流人物"的范仲淹又在哪里？

山谷一片寂静。或者，答案就在这座叫"红堂岭"的小山上隐藏着，只是我等俗世之人看不到。能看到的，是山上的槐花，在夏日的风里，纷纷扬扬地落下；泉边的青苔一点点漫上石阶，一点点沾上石壁，直至最终把他所有的痕迹一点点掩盖。

据说，三十年后，他栖身的醴泉寺被火烧毁。当住持和尚派人向他求助时，他藏书茶叶中，"荆东一池金，荆西一池银。一半修寺庙，一半斋僧人。"他始终不忘求助过他的人。贫寒时代，不曾迷惑他心性的金银最终派上了用场。

还据说，当他赴任青州，特意路过长山时，父老迎于城西四十五里处，他轻车简从，以诗相赠父老："长白一寒儒，荣归三纪余。百花春满路，二麦雨随车。鼓吹前迎道，烟霞指旧庐。乡人莫相羡，教子苦读书。"他一身清廉，除去以自己的薪俸置办义田之外，更以表率和谆谆教诲回馈给养育他的这片土地。

"苍生"在哪里？也许不远，就在他几十里外的村庄。暮色中牛羊下坡，炊烟卷起一个个太平的日子。守着一豆灯火，想着田里新生的苗壮的禾苗，他曾经的父老乡亲梦里露出笑声。

"先忧后乐"的理想在哪里？也许不抽象，就在他一步步印出的脚印里。脚踏大地，大山的温度传来，一点点渗透进骨骼和血脉，然后一点点染绿山野。像那些生长得极慢的柿子树，几十年不怎么见动弹。一场霜雪降落，等巴掌大的叶子落尽了，呵，一树透亮的红！

永远的三毛

大约十四年前，也是一个百无聊赖的日子，我从舍友的枕边随手拿起一本书来，漫无目的地翻看。那是一个东方女子写下的传奇：新奇的沙漠风光，陌生的异地风情，仿佛一张张黑白胶片在我的面前一一展开。

天渐渐黑下来，同学来喊我吃晚饭了，我才将目光从书上移开。那本书装帧简单，封面是一望无际的沙海，一队骆驼在上面缓慢前行。书脊处有个简单的名字：三毛。

从那时起，我一直沉迷于她的文字。

毫无疑问，"远方"这个词有着极强的诱惑力，尤其对正值青葱岁月的我们。正是天不怕，地不怕，渴望振翅高飞的年纪。三毛的文字，恰恰满足了我们的渴望。她可以单人独骑闯荡四方，她对孤独寂寞的诠释是"自由自在"，她把撒哈拉沙漠当作自己多年的梦中情人"以致偶然在地图上看到，就好似乡愁般的渴望"……总之，她是我们心中的奇女子。

撒哈拉确实没有辜负三毛，给了她一段最美好的时光。我想，没有哪个女人天生喜欢流浪，有爱人在，"相守"才是最实在的幸福吧！在那里，她和荷西白手起家，把一个四壁萧然，"连电线上都爬满了密密麻麻的苍蝇"的破旧房子，建成了温馨的世外桃源。

撒哈拉也成就了文学上的三毛。从此，无数个故事从那里传来，携带了古老而清新的异域气息，让读者如沐春风。《沙漠中的饭店》《相思农场》《警告逃妻》《搭车客》情趣盎然，满是人间烟火；《死果》《娃娃新娘》《平沙漠漠夜带刀》，神秘、诡谲，又有些苍凉；《哭泣的骆驼》以沙拉哈威人的游记战争为背景，细细铺写一对沙漠儿女的生死盟，竟犹如史诗般磅礴。

这般开阔的视野，这样令人震颤的文字实在让人不敢小看。所以，偏爱三毛，其实不止因为流浪和青春的梦想。

十四年后，梦想大多在心底深埋。再读三毛，依然偏爱。而此时爱的，只一个字：真。

一个弱女子，万水千山走遍，只为寻求一个可以栖息心灵的寓所。因为目的简单，所以才能行走地纯粹而快乐。就像她的文字，随心所欲，无须雕琢，字里行间处处是发自心底的歌吟。她笔下的沙漠，美丽而宁静，她笔下的生活，或幸福，或感伤，透着天性里的敏感和善良。当然，耐读的背后，不否认有匠心在里面，就像她留给这个世界的经典照片，装扮，是为了更美丽。

有很多人喜欢她，也有人批判她。他们说：三毛不是作家，其作品缺乏创新和深厚的内蕴。他们说，三毛虚伪，她勾画的荷西和撒哈拉都是臆想。假如文学的价值，只是供人顶礼膜拜奉上神坛；假如感情的真伪需要刻意地鉴定，那我无话可说。我只知道，在三毛这里，那种矫情的华美是没有的，那种密密麻麻的心机也是没有的。蜚短流长的背后，只让那些说三道四的人显出卑琐之下的"小"来。

世间万物，唯真最难。"功名利禄"像高悬头顶的四把尖刀，让多少人活得筋疲力尽，活得失去了自己？三毛不会。半生辗转飘零，她重情重义，敢爱敢恨。她爱荷西，《梦里花落知多少》中，她一遍遍地倾诉"荷西，我爱你，我爱你，我爱你——这一句让你等了十三年的话，让我用残生的岁月悄悄地只讲给你一个人听吧"；她絮絮叨叨："荷西，我渴了，倦了，也困了。荷西，那么让我靠在你身边。再没有眼泪，再没有恸哭，我只是要靠着你，一如过去的年年月月……"每读到这些句子，总会不自觉地泪落成行，为这已经失落的幸福，为这情到深处已刺骨的痛苦。

她爱父母，从年少时的叛逆到青年时代的流浪，她与父母缺乏沟通。然而，终究她是理解父母的。《守望的天使》中，那因太爱孩子而流泪的天使，何尝不是她对父母的写照？《背影》中，她默默地记录下母亲踽踽独行的背影，何尝不是写满了她对父母的感激！

后来，荷西去了，父母老了，她追问上苍："爱到底是什么东西？为什么那么辛酸那么苦痛，只要还能握住它，到死还是不肯放弃……"她是敢于把梦想看得高于一切的奇女子，她更是一个只想得到平凡幸福的普通人。她的一生都在追寻：追寻爱，追寻梦，追寻理想。她，闪动黑亮亮的眼睛，她笑靥如花，只是有时，她的追寻让人心疼。

一九九一年一月四日清晨，三毛用自己的方式，给无数热爱她、热爱她文字的人们留下一个永远的背影，追梦而去了。她曾说过："快乐是细水长流，碧海无波，在芸芸众生里做一个普通人，享受生命一刹那的喜悦。"这一生，她活得真切，爱得纯粹，笔底流淌的是超脱世俗的本真。这些，就是快乐，而且，足以让后人仰视。

候鸟的院落

居住在这里的人也经营过店铺。我说"也",是因为经营店铺这件事适用于很多人。交换,流通,凡是有人的地方都会保持这种古老的习俗。挡板拉开,木格窗支起,巨大的布幌子把阴影从街道的一侧伸向另一侧。在临淄,晏子所说过的"联袂成云,挥汗如雨"的地方,这家店铺的掌柜站在了青石街口,街道上微风荡漾,能闻到金黄色的杏子正在软化的果浆散发出的那种甜丝丝的气息。

新进的布匹暂时栖身在马车上。库房中光线昏暗,他用手触摸一下布料,微蹙的眉头舒展开来,身旁的伙计心领神会地开始卸车。朝向厅堂的房间里,有人在拨打算盘。五月的风,丝绸一样滑过肌肤。

远离城市几百里的西北,一群人在树荫里谈论着他,关于他在城里,吃的,穿的,用的。"秋后去推炭,到他的店里歇脚喝茶。嘿,那瓷碗,又细又白,赶得上城里女人的脚。"说话的人喉结动了动,咽了口唾沫。他的话引来一阵哄笑。麦穗沉了,五月的微风荡漾,拂过人们粗糙的脸。呵,"城里女人的脚"!

短短的时间，我迷上了向村庄里的这家院落眺望。

往高处一站，能看见几根枣树的枝条探出灰色的墙壁。硕大的苍穹下，麻雀弹丸一般，忽然坠落到院子中去。偶尔还有鸽子，翻着白色的翅膀，画开直直的炊烟，飞向远处。

沿着曲折的街道走近一点，青石青砖，高大的门楼呈现眼前。屋脊上的小兽威严地立着，像货郎担子里的玩具。再近一点，我的脚快要碰到青石的台阶了。把鼻子向里一探，还能闻到院落中飘荡出的烟火气息。我想，女人们肯定会和母亲一样，腰里扎着白围裙，在缭绕的雾气里摆弄出新蒸的糕饼，孩子们兴奋地搓手。我几乎想要迈开脚步进去看一看我的设想是否正确。

但我又很清醒地知道，她们和母亲是不同的。我只是怀着羡慕和敬畏的心情望着眼前这堂皇的建筑。门楼高高地横亘在两间堂屋之上，或者说，它是一个枢纽，连接起本来毫不关联的两幢房子。石头墩子寂静地肃穆在那里，门楼里的走廊上空荡荡的。它分成三条岔路，分别通向三个内院。我站在门楼下，心怦怦地跳个不停。准备只要听到哪怕一丁点的响声就逃掉。如果被人发现，我如何解释自己站在这里？又如何解释肆无忌惮地向里窥探？也许，在某个安静的角落里会拐出这个院落的主人——倒背着双手，一脸严肃，眼神炯炯地闪光。我敢肯定，没有人能经受得住那样的凝视。

幸好，我的担忧一直没有成为现实，每次的眺望、窥探都没有遭到什么人的诘问。有几次，我在离这家院落比较远的地方，不被引起怀疑的地方，遇到过这一家的男主人。他安静地走过去。我暗暗松了口气。庆幸之余，有一点可以肯定，一个有别于乐天知命按部就班的大众化生活的人，就该与众不同。那些不同，不仅在众人的传说里，还在他偶尔瞪起的眸子里，他一对长长的寿眉，甚至是他迈出的谨慎有序的步履里。

每年五月，鲁北这个偏僻村庄最大的院落里，烟囱开始冒出白烟。村里人都知道，麦子快熟了。

收完麦子，这家男人就离开村庄，去临淄城经营店铺。背着空空的行囊离开，背回鼓鼓的银钱，换成砖瓦，一年年，在家乡经营成一座三进的院落。在另一个世界之中，夜晚，他放下挡板，收起木格窗的支架，就着一盏油灯，身边聚拢着漫无边际的孤独。店门打开，空无一人，长街落下雨水，雨滴敲打着青石的街道。终于可以停下来，他沏壶茶，寂寞的算盘躺在一旁。腊月，大雪封门，拥着炉火，喝着妻子递上的烈酒，几杯下肚，在故乡的院落里，他成为豪迈的帝王。而那双手呢，细腻地品鉴着布匹的，是它；有力地捆扎着麦子的，也是它。

我想起看过的一段话："鸟类的迁徙是一个关于承诺的故事，一个对于归来的承诺。数千里的危险旅途，只有一个目的：生存。它们千里迢迢返回故乡，有些从不停歇，有些却且行且驻，飞向心中那遥远的圣地。"（雅克·贝汉）麦穗沉甸甸的，黄熟的气息吹进城市。天上的云忽然变得紧张，匆忙。那是迁徙的信风，推搡着，树木刮擦，发出阵阵呻吟，传递着关于乡村的消息。就在那样的季节，他打点行囊，听从信风的召唤，穿越喧闹的人流，马车轮的轰隆和小贩们的叫卖，不需要标明记号和范围，没有电话和邮件的指引，回到乡村。

也因此，那个乡村的院落，我常常眺望的地方，我感到每一块砖头和石块都值得仔细聆听。它们深藏着过去，关于承诺和责任，勇气和信仰。时间确实存在，尽管我已经忘记了具体的时间，但这些都已经不重要。苍老的枣树每年春天都会爆出一头翠绿的叶子，五月，枣花香气掠过灰色的院墙弥漫四方，咳嗽声从院落中传出来，回声悠远，这些也都不重要了。

隐　者

　　它什么时候进来的？我不知道。当我从木栅栏里探出头，正好看见一个老头在抽打牛背。皮鞭带着闷响，一下，又一下，牛紧赶了几步向田野走去，屁股扭动，泛着油光。

　　家里没有人。我和世界之间隔着一道上了锁的木栅栏，头昏昏沉沉的。公鸡在意味深长地踱步，母鸡们不守纪律地四下刨食。也许就在那会儿，它进了院子。步子很轻，影子很低，鼻孔里喷出淡蓝色的热气。如果不是母鸡们的报警，我是不会抬起头的。我看见公鸡突然跳起来，猝不及防地跌落在一把躺倒的铁锹上，一支漂亮的羽毛从它翅膀上尴尬地坠落。

　　院子里很安静，大人们都下地去了。能喘气的只有我和几只鸡。

　　它似乎离我越来越近。热气喷出，能闻见银灰色的腥味。我的心开始快速地跳。血液奔涌到了胸腔，而我的腿越发绵软。从马扎上拔起脚，试了试，它们还能动，我跑进屋子里，"砰"一声闩上门，从沾满污渍的玻璃里向外望。

院子里什么也没有。空气里飘荡着暖烘烘的鸡粪味。墙角的鸡窝好久没有收拾，老榆树在它旁边茁壮地生长。那些像肥料支撑着它在每年春天准时钻出茁壮的叶芽。

声音似乎来自房内？我回头，眼睛扫过房顶，又落向墙壁上的画，一个抱着鱼的胖娃娃端坐在荷叶上，他的眼睛眯缝着，细长细长的，没有恶意。

玻璃上有了我喷出的水汽，模糊了。我想起哥哥压在枕头下的长刀。那是他从邻村的集上买来的，说可以防身。尽管已经有了点点锈斑，我还是把它找了出来，握在手里。

门被我悄悄拉开。危险、神秘，是一只朝我挥动的手，热情地发出召唤。我小心地迈动双脚，向着鸡群受惊的地方靠近。屋角，一堆落叶、杂草。没有风。草在颤动。我确定它在那里。刀的倒影渐渐映上了柴堆，变成抽象的、弯曲的印痕。手灼灼的，空气中开始迸裂出火花。

它就在附近蜷伏，张着大口，獠牙毕露，或者还滴着涎水。我把刀举起，那一刻，我听见窸窣的喘息声，那是扳机扣动之前的读秒——三，二，一，很多年后，我一直坚信，焦灼的僵持比一切肉搏来得更真实。

"疯啦！拿着刀干什么？"四奶奶的声音突然在我背后炸响。我激灵灵打个冷战，回头的工夫，一个身影匆忙闪过，惊鸿一瞥，我只看清它红色的斑纹和一条迅速游动的尾巴。它缩进了西厢房。

四奶奶临走时，摁着我的肩膀，把脸凑到我脸上，低声说："那是家里的神，可不能碰。"我记得她说过这样的话。那一次，她儿子在墙根刨出一个洞口，谁都不知道他看见了什么，也不知道他做了什么，就看见四奶奶气呼呼地拿着棒子把他赶了出来。那天黄昏时分，四奶奶在家门口点燃一摞黄纸，她嘴里念念有词。我看见几片纸灰拔地而起，腾到空中，似乎停了下来，又盘旋着西去了。隔着火光和烟雾，我看见四奶奶一直按着胸口，她怕心脏一不小心从嘴里跳出来。

不是所有人都相信这个，比如青山哥。他长得五大三粗，夏天掘洞，冬天放火烧荒，我亲眼见到他用铁锹把一团红色的东西切成几段，恨恨的，四处抛洒，他说，不能放在一块，不然夜里它能自动接活过来。

我忐忑不安地跑回家去。家人都在，小饭桌摆在天井里，就等我吃饭。西厢房的门敞开着，想到刚才的场景，我把张开的嘴巴又闭上了。

它就这样成为一个不能言说的秘密了。

从春天到冬天，我光临过好多次，房间里没有任何变化。春天，母鸡偶尔去下个蛋。冬天，麻雀从破旧的窗口飞进去。夜里打着手电筒，一照，它们就乖乖不动了，等着束手就擒。

日子依旧，春天播撒希望，秋天卖光所有的粮食迎接新年。眼看着皱纹一点点爬上父母的额头，唯一欣慰的，也许就是我们几个，没有什么大灾大病。这也让我确信，它还在那里。看着我们吃饭，游戏，睡觉，护卫着我们。清晨散开，夜里又能在一盏昏灯下团聚。没人的时候，也许它会出来晒晒月光，蜷曲着，像一只温顺的宠物，或者叹口气，像深谋远虑的哲人。

窄巷子

　　怀着含糊的尊严，屋脊上的小兽从晨雾中冒了出来，带着潮气。院门"吱呀"一声开了。主妇挑着空水桶走出巷子，一只黄狗跟在水桶后面，尾巴不住地摇。不，记忆有时也会撒谎。不是这样的。也许这条巷子的宽度只够主妇提着尿罐穿过。至于它是什么形状的，这完全取决于穿行者的心情。如果心情大好，你会看见瓦楞上方的蓝天，一飞而过的鸟雀，几朵云停泊在探出的枝条上，姿态很悠闲。如果心情郁闷，你低着头走进巷子，迎接你的，是高低不平的路面，有些破损的墙基，被雨水溅落到一旁的石子，几棵雨生的树苗在砖缝里拱出来，永远瘦瘦的。

　　日子一天天过去，快乐飘荡在上空，愁闷沉淀在街角墙根，碱土一样，泛着白光。

　　任何一条巷子都能从院落到达田野。村庄被几条沟渠环绕着，以水为基，巷子成为撒开的网，网罗了一切。院落一个个，浮漂一样，荡漾在巷子周围。循着它们，人们外出、分散、聚拢、联络。但巷子的分布很不均衡，宽窄不一。线团一样，这样的巷子，很适合捉迷藏，适合打游击，适合枪战。一个人从外面走进来，会产生致幻效果。先是长久的寂静，不正常地寂静着，脚步声被空寂的墙壁反弹回来，被放大了。耳朵怵忐着，突然一声晴天霹雳从身后炸响，斜刺里钻出一人，一个硬邦邦的家伙顶到腰上：哈哈，抓到你啦！

收集爱好者盘踞在巷子的一侧。他喜欢在夕阳落山的时候攀上墙头，借着落日的余光向外窥探。兴奋的火花在他的双眼里燃烧，灼灼地放光。那墙外，目力所及的一切，都是"我的，我的"。女人一样的占有欲在夜晚刺激得他辗转难眠。黑夜或者凌晨，池塘里的莲藕、田野里鼓肚的玉米棒、已经绽开的棉桃、遗落的铁桶、上坟用的锡壶，统统被他收进袋子。挖掘、搬运、挪移，那些夜晚热汗涔涔。

额外的收获，不走院门，从低矮的墙头扔进去，或者被墙内的一只手接应进去。我记事的时候，他家朝向田野一侧的院墙，已经变得光秃秃的，像他的头顶。院门紧闭，放不出一只老鼠。女主人有时拉开一扇门，探出头来，在门口站一会儿。眼睛躲闪在一团团的青烟后面。她吸最便宜的烟卷，两个手指都是苍黄的，和她的脸色一样。没有人知道她在想什么。是怕失主找上门来？还是发愁第五个孩子的棉衣还没有着落？

太阳落山之后，黑暗把她从头到脚吞没了。白天，她再度出现在巷子里，低着头，快步地走。

填充或者挪移，在外面看不出什么变化。很多时候巷子都是正常的。

另一侧的住户，每年春节之前，母亲都会挑些大米、红枣之类，放在袋子里，让我给她送去，我从没空手回来过。有时装回几截莲藕，有时是几个年糕。

巷子是个自然段。墙壁将不同做派的院落客气地分隔，而麻雀又成为热情的看客，点评着家长里短。月亮出来，它们栖息在房檐下，和自己的影子入睡，手拉着手。

太阳有时光顾这里，有时省略。不完全取决于季节，也看心情。尤其是冬天，房檐两侧冰凌悬垂，很久不化。它寂寞着。越是寂寞，就越发接近于村庄里的老人。时间一长，每条巷子都多多少少沾染了老人的气息，它们变成了青铜质地。敲上去，似乎泠泠作响。苔藓爬上基石，一层层，又被新年的苔藓覆盖，铜锈一样。

小偷小摸的那个人终于老了。据说隔一会儿就要撒泡尿。下地干活，女人们都不乐意跟他搭伙，他撒尿从来不背人。她们悄悄背后议论说："他活得越来越像一条狗。"

黄泥小屋

里面已经很久没有生火，帽子扣在头顶，皮带轮上上下下，一缕缕稻草被机器吞进去，在踏板的带动下，变成草绳，缠绕到最里面的辊子上。四爷爷不养狗，不养猫，回到家跺跺脚，一屋子的灰尘争着朝他摇尾巴撒欢儿。

稻草垛紧靠西墙，长方形的垛子，尖形垛顶，抽开，干绿色的稻草散发出晚秋的田野气息。每天早上，一捆捆稻草被他抱进屋子，傍晚，它们变成草滚子又被放在南墙根下。四爷爷早上闻着稻草的味道醒来，又铺着一炕稻草睡去。小泥屋就是一个大草垛。暖和，厚实，掏个窟窿能走人，挂一块塑料布，就能从里向外张望。

如果哪天，他从屋子里钻出来，扑打扑打身上的土，把套袖和围裙丢到一边，张开枝杈一样的臂膀，伸个懒腰，那就是春天来了。用不了多久，运草绳的大车就会把那些个绳子装走。院子里空荡荡的，靠西墙的一棵山楂树醒过来，它的最伟大之处，就是每年五月间开花，一簇簇的，月亮地里，隔着墙头都能见到一院子亮闪闪的白。

很多时候，他留给我的，是一个凝固的背影。端坐在草绳机前，左胳膊笼着一捆稻草，左肩平稳，平稳得可以安放一碗水。右手负责把稻草分成一缕一缕，均匀地塞进入口。从根部开始，稻草被机器一点点地吞没，快到光秃秃的稻穗头了，他瞅准时机及时续上。粗细搭配，这样打出来的草绳，匀称，有耐性。那些稻草，夜里洒了水，现在变得绵软。一根根，经由他的手，变成绳索的时候，都带上了他的指纹和体温。

我悄悄推开门，灰尘扑面而来，阳光下，皮带轮的纹路一圈圈回环往复，踏板"咔嗒、咔嗒"地响着，他头也不回地说："闺女来啦！"说这话时，一根草屑沾在他的胡子上，我发现，它们又白了许多。

夏天乘凉的时候，他也说过这样的话。他披了一件夹衣，抱了拐杖，坐在马扎上看大街上南来北往的人。几个调皮孩子拿他的后背当靶子，对着他瞄准。他眯缝着眼睛，纹丝不动。石子弹跳着落在他身旁，他也只是抬眼看了看。不能眼看着他受欺负，我赶忙跑回家，取了父亲的斗笠来给他戴上。他哈哈大笑，把我揽在怀里。那时候，拐杖被他扔到地上，像一只失宠的小兽。

斗笠被送回来时，里面藏了两个热腾腾的包子。包子很香，而且全是白面的。它们热乎乎地放在我的床头，香味直往鼻子里钻。除了过年，除了每年秋后跟父亲卖粮食，我似乎再没有受过那样的优待。我发着低烧，迷迷糊糊地听见母亲送他出门，他一边走，一边说："我说咋好几天没见着闺女呢！"隔着玻璃，他的背影一点一点从台阶上矮下去，拐杖支撑着他，很小心。

这些年，冬天一次次降临鲁北。大雪，小雪，有时没有雪。没有人，黄泥小屋一点点地瘦下去。没有灰尘哺育的日子，他目光浑浊。油漆斑驳的门廊上，褪色的春联簌簌地抖动，在最后一个冬天，他喝醉了酒。现在，我在远离黄泥小屋的一幢居民楼里，写东西。外面一直是黑夜。写到又冷又饿，就会想起他，抬起头，夜色中，他的胡子闪着温暖的白光。

女红录

　　春秧栽下，拔完了头遍草之后，黄河滩进入了难得的休整期。在飘荡着槐花香气的树荫里，在青蛙响亮的鼓噪声里，她们揉一揉发胀的腿，摁一摁酸疼的肩膀，放下锄头、铁锹或者篮子，又开始拿着针线忙活起来。是啊，乡下女人的手，什么时候闲过？

　　从我记事起，母亲她们就是这么过来的。

　　自从成了妻子、当了母亲，她们便将所有的精力转移到丈夫和孩子的身上，把好吃的食物留给他们，把好睡的床褥留给他们，添置衣服的时候首先想到他们，对自己却总是忽视、凑合。她们的辞典里，有"他"，有"她"，唯独缺少了一个"我"字。一家人的吃穿，就靠了那双手去完成。一辈子的岁月，都随着飞针走线流淌过去了。她们会后悔吗？她们会怀念无忧无虑、不当家不劳心的日子吗？也许吧，在某个月明星稀的夜晚，面对小女儿好奇的询问，她们会叹息一声，说起从前。

　　从前，当她还是个姑娘的时候，和女伴们一起笑着闹着走到集市上，用体己钱扯来簇新的布，买来五彩的丝线，当她在线绷子上穿下第一针的时候，她在想什么？

当针头不小心刺破手指，脖子和肩膀绣到酸麻的时候，她在想什么？

当她瞒着母亲，终于把一双鸳鸯戏水的图案或者一个双喜字绣完，又悄悄藏进箱底的时候，她又在想什么？

没有在那个日子里生活过的你，永远也无法知道，那一个个绵密的针脚背后，藏着多少温润的心思。

母亲有一个专门存放花样子的本子，摊开来，有八开的纸那么大，似乎是一本杂志，但封面早已经斑驳不堪而且起了毛边，看得出是被主人多次翻检的缘故。本子放在衣橱的最下层，每次取出来的时候都会夹杂着一种陈年的木质气息，仿佛一棵古树，躺了很久之后，终于有人来给它翻翻身，让它透透气。本子里的内容很杂，除了剪纸剪出来的花朵图案之外，还有一部分动物的图案，比如燕子啦，蝴蝶啦，蝙蝠啦，螃蟹啦，鱼啦等，再往后翻，是鞋样子。号码从小到大，纸张的质地也不同，翻捡着它们，看到的是一部粗略的女红史。再后来，我发现村庄里几乎家家户户的女主人都有这样的一个本子。甚至是村里最穷的住在桥头的水边的媳妇，也有。母亲说，她绣在枕套上的牡丹图案，就是跟水边媳妇学的。大红大绿的丝线，一针一针穿过白色的绣布，让我在梦里都闻到了草木的清香。后来，母亲绣好的枕套就被我抢到手，枕着它，仿佛全世界都活在虚构里，每个清晨都有不可预知的美好等着我。

"水边媳妇啊，手巧，听说她当姑娘时绣的花，都能闻到香味。"母亲笑着说。我却笑不出来。水边是个酒鬼，从早喝到晚，每次碰到他都是浑身酒气，她媳妇就怕他喝醉了掉进河里淹死。

绣品集中出现在黯淡的房间里，是本家姑姑结婚的日子，令我难忘。有关她的降生，我听过的最神奇的传说是建设讲给我的。

据说二月十九这天，一只鸟落在了黄河滩一户农家的树上，村人大惊。

从来没见过那么漂亮的鸟，像一颗太阳，把个乌沉沉的土屋都照得发亮。它落脚的那棵梧桐树，树龄不多，靠着房檐探出五个丫杈（树生五杈，屋主祥瑞），粉嘟嘟的叶子还没生出来，所以这只鸟落在那儿，就显得格外引人注目。它不飞，不叫，它长得与众不同。额头上一撮艳丽的羽毛，身披五彩，靛蓝、翠绿、鹅黄，很好看。尾巴上的翎毛有个一米左右。你知道这鸟从哪里飞来的？宴贺台！压低了的声音。宴贺台是村庄西南方向一座古烽火台，上有庙宇，以前还有一年一度的三月三庙会。乡间很多传说都从那儿发源。

这鸟在树上待了三天，三天后的黄昏时分，它忽然扇动翅膀，画出一道美丽的弧线，朝着西方的太阳飞走了。给这家人留下一根红色的闪光的羽毛，飘飘悠悠，落进女主人的怀里。九个月后，一个女婴呱呱坠地。

这女孩就是"红"，是我没出五服的姑姑。

我听得瞠目结舌，虽然都说建设是个很能编排瞎话的人，我也知道他喜欢红姑，但是他讲的这个故事有鼻子有眼，又让我十分向往。

当我把这个故事转述给红姑的时候，她一瞪眼："别听他瞎说。精神病，他！"

红姑长得确实好看，干活也利落。凑在一起做针线的时候，大家都给她张罗，说要找个好婆家：红啊，咱这么漂亮的小妮，彩礼钱可不能少……一个酒窝多要八百块！

"哈哈哈！"树荫里荡漾着一阵阵愉快的笑声。红姑不说话，穿上针，一下一下透过绣绷子，脸蛋红红的。

为什么一般人进不了红姑的眼？他们都不知道。这是秘密。

开春，村里好几户人家都盖新房，请的是高青县城的木匠。其中一个高个子的年轻人，很有两膀子力气，是半个师傅，木匠活做得漂亮，人却寡言少语，笑起来，憨憨的。他还是母亲的一个远亲。我经常看着他们干活，瞅机会拿几块木板玩跳房子的游戏。他对我也很和善。

173

红姑交给我一个任务，打听一下那个年轻人的情况：去问问他叫什么名，有媳妇了吗。

　　我郑重地点了点头，我知道：这是秘密，只属于我和红姑两个人。在她家那幽暗的土屋里，贴着一张年画。是一幅女民兵的画像。女民兵脸颊饱满，皮肤白里透红，脖子上系着干净的毛巾，手里端着枪，很是英姿飒爽。红姑说，要保守秘密。我答应了，我得像个战士一样忠诚。

　　费了好大工夫，我终于打听好了。我把好消息告诉了红姑。（为什么那个时候我知道男青年没有媳妇是个好消息？）作为奖励，红姑从裤兜里掏了一块水果糖给我，那糖，真甜。

　　说实话，即使不是战士，我也得对红姑忠诚，因为她对我实在很好。我从小体弱多病，没人格外疼我。是她手把手教我缝沙包。也是她经常带我到黄河滩的地里"拾秋"，捡拾人家漏掉的庄稼，有时是豆子，有时是稻谷。说实话，没人在意我捡的那仨瓜俩枣，家里不缺那把粮食，对母亲而言，把我交给红姑领着，她乐得省心。村北，再向北，翻过黄河大坝就是一望无际的沙土地。红蔓的地瓜已经被刨走了，瓜垄还在，一地凌乱的脚印。我跟在红姑的屁股后面逡巡，秋末的沙土地，太阳暖洋洋照着。我拿着一根棍子，像探雷器一样东戳戳，西探探，红姑蹲下身子——"呵，一个大的！"我们高兴得不得了。

　　甜蜜的故事像夏日的夜晚那么绵长。好几次，我发现小木匠在树林边等红姑。挂在树梢的月亮明晃晃的，把人的心也照得亮堂堂的。他们挨得很近，悄悄地说着什么话。对面如果有人来，他们就一言不发了。有时候，木匠手里举着一只半导体收音机，他们听广播，里面刺啦啦的，有噪音；有时候，红姑洗了头发，半干的头发披散在肩膀上，她最早穿起了裙子！

　　很多年过去，小木匠的模样已经模糊了，但是他的声音我印象深刻，男中音，声音泛开，那种颗粒感都能清晰感受到，似乎很多东西都能被它吸附过来，让人浑身松软，内心的感动也是一阵一阵的。我第一次由衷地感觉：谈恋爱，可真好啊！

长大之后我读到三毛写的一篇文章，题目叫《周末》："最爱在晚饭过后，身边坐着我爱的人，他看书或看电视，我坐在一盏台灯下，身上堆着布料，两人有一搭没一搭地说着闲话，将那份对家庭的情爱，一针一针细细地透过指尖，缝进不说一句话的帘子里去。然后有一日，上班的回来了，窗口飘出了帘子等他——家就成了。"读这段话的时候，我很自然地想到了红姑，想到了那些在槐花香气和青蛙鸣叫声中飞针走线的女人们。

那个夏天，小木匠的自行车上多了漂亮的坐垫，也许还有一些东西都在那个夏天沉淀下来了，那是什么呢？那是秘密。放在自己的心里，满满的，痒痒的，有点苦涩也有甜蜜，却不便说出来。

建设说，那鸟要是落下两根羽毛，红也许就能嫁个满意的人家了……快天黑的时候，他忙着挑水，话没说完。

那是我去姥姥家待了几个月以后的事。

母亲说，你红姑姑要结婚了，你去看看新娘子吧！

"是跟了小木匠吗？"

"不是。"

我飞跑着，带着几分惶惑不解和不安地去看。她被众人簇拥着，一夜之间，似乎有神仙降临，手指一点，她既欣喜又带着几分惶恐地成了娘家的宾客。亲人们围坐在炕头上，屋子中间也站了许多人，乌沉沉的厨房里飘出白色的烟雾，有炸肉的香气，有新出笼的糕饼的香气，窗棂上贴着大红的双喜字，地上有零星的鞭炮屑，有人吆喝着提出盛满泔水的桶，也有人张罗着明天婚礼的亲戚座次。屋子里却是安静的。很多的女人，带着熟悉又陌生的眼神关注那个即将成为新娘子的人。很少有人说话，不知道为什么，有一种说不清楚的气氛萦绕在房间里。掌灯时分，一团丝线绕在一个女人的手上，准新娘坐在炕头，仰着脸，那个年纪大的女人弹动丝线，在她的脸上"铰"来"铰"去。母亲说，那是"铰脸"。把脸上的汗毛"铰"掉，短暂的疼痛过后，我们看到一张明丽的青春的面庞，在那被灶火熏了多年的房间里，释放出柔和的光辉。

乡人们是吝啬于直白夸赞自家女儿容貌的，于是大家把重点转向了红姑已经完工的绣品上。从她棉袄上刺绣的花朵，到床单的装饰图案，甚至到她绣好的两块小手帕，一一称许。娇艳欲滴的粉，大气的红，明亮的黄色还有百看不厌的绿。任何一种色彩都有它的性格，各花入各眼，最终都有人喜欢。

坐在声浪中心的人很平静。那眼神柔顺得像一潭水，却深深的，看不到底。她一句话也不说。看到我，她脸上才露出点喜色，招手让我过去，我有点陌生地挨着她，她不知从哪里摸出一把水果糖，塞进我的口袋。我揿了揿那糖果，很硬实，我想说点什么，却不知道说什么才好。尤其看到她绣的那些坐垫、布帘，我就想起那个憨厚的小木匠。

不知道为什么，我的心里又闷又湿，像落了一场雨。我盼着夏天那种痛痛快快的雷阵雨从天而降——霹雳咔嚓咔嚓地响，雨水哗啦啦淹没一切，听不到喜悦的锣鼓，也听不到低声的抽泣。

红姑嫁到了镇上。走亲戚回来的人眉飞色舞地说："全镇上门楼子最高的那家就是红的婆婆家。真高，快赶上两层小洋楼了！"

"红啊，有福！"

红姑陆续生了两个女儿。

二十九岁，红姑的丈夫离家出走，再也没有回来。有人说他赌博，被人家追债，所以躲到南方去了。也有人说他跟红姑感情不和，嫌弃红姑没有给他生儿子，另外找了女人过日子去了。还有人说他得了绝症……总之，一个人就那样无缘无故地失踪了。

红姑每次回娘家都是行色匆匆的，她低头推着车子，脚步匆忙地走。像是有什么事催逼着她。有好几次，我看见建设站在桥头，远远地看着红姑进村。他们没有说话。建设的孩子已经上小学了，要说什么非分之想，怕是没有了。只是，我们的心里大概都有这样的想法：一个那么好的女人，在她的人生跌进深深的黯淡的时候，我们却不能带给她一丁点的光亮，只能默默地看着她，我们多么无能！我多么悲哀地发现，她不是神，只是一个普通的心性善良的人，我们却比普通人更多地承受命运的考量。我多么害怕，害怕她有一天变成水边媳妇的样子，头发被两个黑色的卡子别住，然后终年穿素色的衣服，一天天失去颜色变成生锈的老古董。没有人知道，当我胡思乱想这一切的时候，我多么心疼。

月亮不见了。那些在俗世滚打过的花朵，沾了泥土，沾了风雨，怎么还有力气轻盈地返回天上？

我不知道红姑那些年是怎么过来的，我后来进城求学，走出了村庄，落脚于小镇，在几十里之外过着另外一种生活。每当我在作业本中打上一个个"√"，就像母亲或者红姑她们，在白色的绣布上落下一个个针孔。每当我在电脑上敲打成一篇文章发给编辑老师审阅，我就感觉拿了一件完成了的刺绣给人品评。所不同的是，我的周围很少有微笑的调侃，也不会一转身就触碰到草木的清香。

听说，后来红姑改嫁到黄河滩另外的一个村庄，和男人开了个小工厂。在很多人已经积累起小半辈子财富的时候，她却要从零开始奋斗了。好在，听说两人的感情还不错。透过岁月的尘烟，我想努力看清她美丽的脸庞，却看不清楚；我们活着，并想记下什么东西，可分明地，很多东西都在迅速地远离我们而去。

再也不会有了，那青春的年纪和无忧无虑的时代。可是我的脑海里却总是回想起曾经见过的一个画面。那次在黄河岸边，眼看着一只鸟艰难地挣脱引力，起飞，然后在风中轻盈地转身，朝着太阳的方向飞去，我站在那里久久凝望，直到眼里盈满泪水。

波螺油子

　　一群黑脊梁白肚皮的小鱼逆流而上，遇到水草之后，一个漂亮的甩尾，迅速兵分两路。尾鳍扫过，留下一片浑浊。等水流逐渐恢复清澈，蓦然发现，几只波螺油子稳稳地吸附在水草之上。它们的外壳布满青苔，有的还挂了一些绿丝绒一样的水藻。渠水东流，那些丝绦飘飘漾漾，让波螺油子们平添了几分仙风道骨。

　　波螺油子是本地方言，书本里管它们叫田螺。夏日的傍晚，摸它们最好。波螺油子们走得很慢很慢，手里的罐头瓶不久就装满了，抬头看，远处的太阳逐渐收拢起光线，池塘里映出水边的小柳树，还有祖父一侧房脊的倒影。

　　祖父的房顶上已经飘起炊烟。之前，他一定先驼着背将柴禾抱进灶间，在灶前的矮凳上坐下喘口气。然后才"嗞啦"一声擦亮火柴。祖父的厨房里没有装电灯。风箱上摆着一支蜡烛，除非极暗的时候才用。天渐渐黑下来，祖父摸索着做完饭。他的厨房通风不好，柴禾也潮乎乎的，烟雾中，不时传出锅铲的碰撞声，祖父抑制不住的咳嗽声，还有朦胧的

179

红光，像雨夜的红灯笼一样无声地投射出来。

青蛙们的叫声听起来远一些了，我捧着罐头瓶兴高采烈地回来。祖父养了几只鸭子。鸭子不恋家，经常在外面的水洼里过夜，有蛋也产在水洼里。祖父经常要去水洼边看它们。后来，祖父年纪大了，腿脚跟不上了，就把它们笼在栅栏里。鸭子们吃糠，吃菜，但它们最爱吃波螺油子。每次见到我，都伸长脖子，嘎嘎地叫着。我先替它们把盆子里的脏水换成清的，让它们舒舒服服地洗个澡。再把当天生的鸭蛋收起来。祖父做完了饭，和我一起砸波螺油子喂鸭子。挑一个大个头的，放在铁砧上。"啪"一声，壳破了，汁水四溅，连皮带肉扔进栅栏，于是，引来一阵窸窸窣窣的争抢。"这群贪吃鬼！"看到鸭子们撅着屁股的贪婪样，我和祖父开心地笑了。

青皮鸭蛋放在祖父床铺下的一个广口坛子里。坛子的四周装饰着一圈鱼鳞状的花纹。清明时节，我们都可以分到一只。剥开皮，里面的蛋白也是青须须的，有股草芽子的香味。其他时候，攒个十天半月，祖父就把鸭蛋拿到集市上卖掉，换回油盐之类的东西。偶尔也会有给我的奖赏，一把香喷喷的花生，或者一个脆脆的水皮瓜。藏在口袋下，捂得严严实实，不被别人看到。

祖父总是一个人生活。从我记事时起就是那样。祖母三十多岁就去世了，是祖父一个人拉扯起了四个儿子。祖父天天一个人下地干活，一个人回家做饭，再一个人搬把椅子去和别的老头谈天。小婶的女儿一周岁多了，送过来让祖父看着。祖父一个人忙不过来，我便成了他的帮手。祖父在灶间的烟雾里大声嚷："别让她尿了裤子！"我便带妹妹去墙角尿尿。鸭子们嘎嘎地叫，"别踩脏了鞋！"祖父像背后长了眼睛似的知道我的行踪，我只好抱着妹妹远离了鸭子栅栏。祖父的锅铲叮当叮当地响，青蛙在田里呱呱地叫起来，我领着大妹到池塘边玩了。

"怎么能到水边去……怎么能到水边去！"祖父大声嚷着从身后追过

来，他劈手夺下妹妹，他的身上带着一股呛人的烟味。

回到家，祖父还在生气，怪我带妹妹到水边去玩。他的脸色看起来那么吓人——每次摸波螺油子的时候，我不都是到水边去的么？怎么从来没见他那么紧张过？妹妹害怕得哭起来了！祖父又跑进灶间去吹火，一边吹，一边咳，一边嘴里嘟囔着什么，那些柴潮乎乎的，没有人帮祖父晾晒柴禾，它们只有朝阳的一面是干的。

大概是听到了哭声，母亲喊我回家去了。一路上，母亲扯着我的手边走边说："还是个孩子……怎么能让孩子看孩子呢！你不是最心疼祖父吗，三岁的时候就偷偷拿了自家的挂面去送给他吃，现在怎么样呢……"我的眼泪扑簌簌地落下来了，说不清是因为委屈还是别的。母亲不许我再去祖父家玩。黄昏时分，隔着一堵墙，我听见鸭子们在栅栏里嘎嘎地叫着，也能听见祖父的咳嗽声，心里无端生出许多怅惘——也不知道是谁帮忙照看大妹妹。没有了波螺油子，鸭子们能够生蛋吗？祖父一个人忙里忙外，他的腿脚不好，他是没有时间到水沟边摸波螺油子的，那是小孩子们该做的事。

秋天，我上了小学，黑脊梁白肚皮的小鱼游动在书本间了，祖父和波螺油子离我渐渐远了。

路过春天的秧车

风把旷野推得无比遥远。一行行的春秧，像楷书，在白茫茫的水田里惬意地书写着横平竖直。而那些荒着的地块，就显得格外刺眼。迎面而来的人们，脚步匆忙，忙到连个完整的笑容都来不及打开，就奔赴各自的田里去了。空气里似乎有一团火，烤得人步子急急地向前赶，想停都停不下来。就连平素沉得住气的二伯，这会也明显地加快了节奏。他把秧畦里最后一块春秧铲起，小心地送进篮子，然后扶着铁锹柄，长长地吐了口气。那块秧苗带起的泥片很薄，四四方方的，在晚风里微微颤动着，活脱一块青色的豆腐。

车厢里的秧已经满了，篮子只能挂在车辕上。老牛甩着尾巴，钉在原地，树木一样安静。关于这头牛，我曾经一不小心听到过婶娘的评价，她低声对别人说："看到没，二哥家的牛，跟人一样，连个响屁都放不出！"几个妇人发出放肆的笑声。我很不解，为什么牛非得和人一样？放屁，而且要响亮到让人听见，很光荣吗？

我是临时起兴要跟着二伯的，他要去给邻村的一个姑姑家送秧。我

182

和那姑姑并不亲近，但我和二伯亲近。母亲当时也在地里忙着，把我交给二伯照看，她很放心。

大地沉寂，夕阳正渐渐收拢光线，和万物进行着亘古的告别。我和二伯一里一外，坐在车前，我也学他的样子把身子倚在车厢板上。经过一下午的曝晒，木制的车厢板还残留着余温，传到背上，很舒服。二伯的身上也是热烘烘的。脚下的路，向着夕阳伸展。平时，这条路很平整，但春耕之后，尤其春灌之后，路上多了许多道横向剖开的口子。所以，一不留神，牛蹄子就会陷进坑里，猝不及防，牛身子一趔趄，车厢跟着晃荡。"砰"，车厢板撞着我的背，疼——我抓过二伯手里的树枝，恨恨地抽一下老牛油光光的屁股。可别以为坐车是一件多么舒服的事，尤其是一辆拉满春秧的车。

对于我的气愤，二伯似乎无动于衷。他既不龇牙也不咧嘴。他厚实的背依旧稳稳地靠着厢板，老牛在他的吆喝声里，左突右击，灵活地错开对面的秧车。二伯掌控着节奏，牛的步子渐渐加快。我们得赶在太阳落山之前，把秧苗送到。这样，第二天清晨，这些绿油油的小家伙就能在异地落地生根了。

抛开道路上的坑洼不提，这次行程还是很愉快的。路旁绿草青青，偶尔有黄色的小花在微风中摇曳。微风，斜阳，没有母亲的呵斥，听到的是归巢的鸟雀送来一两声啼叫。一派温情啊！二伯似乎也被这样的气氛所感染，喉咙间哼出一段断续的音乐。这可是一个被村人称为"贵人语迟"的人呢。据说，当年村里排戏的时候，演员紧张，二伯被临时补缺，分配了一个角色。他表演一个落魄的难民，大冬天的，连顶棉帽都没有。穿破棉衣，胳膊底下挟着一只碗，走到台中央，朝着台下诉苦："这年头，连粥都喝不起了……"台词就这一句，完全是个打酱油的角色嘛。可是二伯打完酱油，跟扛着一麻袋粮食走了二里地一样，额头冒汗，脸蛋通红——台子底下都是眼睛，探照灯似的，要多难为情有多难为情。

后来再排戏，他大手一挥，说啥也不去了。"怕生"的传统，在我们这个家族的男人身上，暴露得那么鲜明。他们不擅长和生人打交道，但熟悉他们的人又怎能忘记，在闭塞艰难的生活里，他们曾经带给村庄多少快乐和释放啊！他们那一辈，兄弟堂兄弟一共八个。大伯扛过枪，三伯画的画惟妙惟肖，三叔吹拉弹唱在村里算是多面手，小叔打得一手好鼓。他一敲，村里的孩子们就再也坐不住了。二伯是其中最寡言的一个，但他偏偏会模仿。不但村庄里某个人的步态、说话几可乱真，就是学刘兰芳讲《岳飞传》，也能像模像样。我还记得冬天的夜里，大家围着一个半死不活的泥头炉子，人群嚷嚷让他来一段。他说的眉脚飞扬，坐在人群堆里的我，竟也觉得异样的自豪。但更多时候，他们都习惯沉默，我的父亲是这样，二伯也是这样。不知道是不是贫瘠的日子实在没什么值得夸耀，还是像我一样，觉得在平原上，没有什么语言比得上草木的生长、鸟儿的歌唱更动听。作为女儿的我，血液里明显地有着这个家族的特质。我喜欢独处，对待一棵植物，比对待一个朋友更耐心。在人群里，我经常保持沉默。木讷、寡言，甚至逆来顺受。母亲经常抱怨我和父亲一样——她说"你们爷俩一样一样的"，这句话是咬着牙说的，连傻瓜都能看出来，她是恨铁不成钢。

母亲是最了解自己孩子的。她担心我的将来，在她屡次驱赶我走出家门、融入人群的背后，在她咬牙切齿的背后，她肯定提前预支了某种专属于母亲的忧伤——她担心，她唯一的女儿，将来会过平平淡淡甚至窝窝囊囊的一生。那样的人生内容会被贫困、忙碌撕扯，直至耗尽最后的气力。别人家的女儿，在人前眼眸明亮，笑得花枝乱颤；她的女儿连和生人说话都脸红。尽管我尽力地表现出乖巧，却也无济于事。她常用一种悲戚的目光看着我，偶尔在给我梳辫子的时候，发出一声轻叹。那是从内心深处发出的类似绝望的叹息。很不幸，这种担忧经常被一些偶然事件给证实。一个远嫁的姑姑回娘家，有一次来我家串门。往常家里有生客，我照例是要被母亲揪出来，示众似的站在一群大人面前，恭恭敬敬的称呼，然后木桩一样地站在一旁，随时准备接受垂询……对于这样的示众，我怕得要死。母亲爱面子，她希望自己的孩子，能得到别人的肯定，比如"生的漂亮""有心眼儿""大方"等等，那样，她的脸会洋溢着一种奇异的光彩。但现实是，我常趁母亲不备溜之大吉，我觉得那样做，两不为难。然而，那一天事发突然，本家姑姑已经跨进了院门，我赶紧冲出正房，飞快地躲到了西园的柴垛后头，干草叶子在脚下唰啦唰啦地响。这仓皇的一逃，怎能瞒得过客人的眼睛？那姑姑指着柴垛的方向，跟母亲说，"真屈么"。"屈么"，就是上不了台面的意思。"狗肉丸子，上不了桌。"那个姑姑其实是个爽快人。但母亲的脸上肯定挂不住。她这一番评价，在后来的二十多年里被母亲多次提及。往往越说越来气，我是猪八戒照镜子，里外不是人。"逃客"这件事，加上"送秧"这件事，后来都成为我极不光彩的标签，内忧外患，搞得我好不凄凉。那些年里，我很少抬头走路、很少扬眉吐气地注视前方，我接受了别人给划定的类型，忠贞地坚信自己不够优秀。在三十岁之前，青春啊，梦想啊，爱情啊，希望啊，凡是和我有关的，无一例外染上了内向的色彩。成功的时候，我压抑自己呼喊的冲动；失败了，我觉得理所当然。多年之后，当我也登上讲台，拥有了一些评判别人的资格之后，我方才明白——人生最初岁月里的标签，特别是大人给予的评判，那么容易地夹带了主观色彩。它们像一枝枝暗箭，射到人身上，疼过之后，就跟皮肉长在了一起，后来就成了身体的一部分。将来无论带着还是拔除，都一样疼。

天光逐渐暗淡下去，夜的幕布逐渐拉开。我向二伯身边靠了靠。篮子里的春秧扫着我的小腿，痒酥酥的。"嗞啦"，二伯他点燃一支纸烟，吸出红红的烟头，一双细长的眼睛里满含热情，但又从来不说什么。

我熟悉这种热情的眼神。他带着儿子去钓鱼的时候，他给我们炸出焦黄焦黄的地瓜片的时候，他坐在一面乌黑的木头墩子上，一边打磨手里的锄头，一边看我们几个在他家天井里嬉笑打闹的时候，他细长的眼睛里就流露出这种神采。但更多时候，他的睫毛是垂下的。甚至整个人，在田野行走的时候，远远的，只看见一个宽阔的肩膀，勉力支撑起头颅。那脚步沉重，似乎无奈地承接着上天赐予的担子，却又加着小心，唯恐惊吓了谁的梦。

二伯是个谜。是一个我无法揭开，也揭不开的谜。

目的地终于到了。秧苗卸下来，已经到了晚饭时间。我的肚子也已经觉出饿来了。一个陌生的男人，亲切地在前面引路，估计就是姑父了。他引着我们，来到了村西的一个院子前。天井开阔，远远地可以看到厨房里灯火通明，腾腾的热气中，有人在忙碌着。按经验判断，大人异常忙碌的背后，通常是一顿丰盛大餐。热气，陆续从窗口溢出来。有呼喊孩子拿碗碟的声音，杂沓的脚步声从院门里传来。看来，姑姑已经做好了留饭的准备。二伯父卸下牛，把铁锹和篮子放在院门内的右手边。我发现他一直用手撑着腰，这一季的劳作，他累坏了。天天和泥土打交道，今晚的送秧，又是一场颠簸。疲惫的身体，急需一把椅子来歇息，空空的肠胃，也需要一些酒菜来抚慰。我甚至用自己馋猫一般的鼻子，敏锐的嗅出了空气中猪肉的味道——煮肉的汤，盛放在白瓷盘里，那样的汤上面飘着紫褐色的花椒和绿色的香菜。被热汤一浇，香菜变得碧绿碧绿的。要多香有多香！

然而，走到院子一半的时候，我却鬼使神差地停下来了。越是向着灯火走去，一种不知名的恐惧越是包绕着我，让我双腿定在那里，无法动弹。陌生的面孔，灯火下，示众似的交代自己，对着陌生人做出笑脸，在他们的注视下，红着脸，低着头，一口一口吃光碗里的饭菜。唾沫干干的，一口汤呛在喉咙眼，从饭前咳到饭后——这些预设的场景，对我而言，是多大的折磨。或者，还会有"腼腆""见不得人"诸如此类的标签，又贴在我的身上。想到这里，空荡荡的肠胃被一种莫名的勇气填充——我这是怎么了，竟然有勇气赖在那里再也不肯迈步？堂屋里传来大人的寒暄声，拖动椅子的声响，彼此让座，还有呼喊孩子就位的声音，一派人间烟火。而我，退回到院门口，望着堂屋里陌生的灯火，一点点坚定自己的心。

　　月亮出现在西天边，焦黄焦黄的，烙得恰到火候的样子。我敢说，如果这样的佳肴出现在自家的饭桌上，我一定会先用地主老财般的眼睛逡巡四周，继而用臂膀，圈出一道虚拟的篱笆，毫不客气地大吃一顿。那一刻，我甚至有一刻懊悔，懊悔自己没有立即跟着二伯的脚步走进去。即便有陌生的眼光，那毕竟是姑姑，我们的血管里，流淌着同一个家族的血液！被亲近的人耻笑，也算不了什么吧？犹豫的时候，一个活泼的女人的声音，翠珠落玉盘一样的，叫着我的名字，让我进屋去吃饭——我的姑姑们，都有着这样外向的性情和开朗的声音。她们的声音，真的是充斥了热情，让人想到，这样的人，她们的心是敞开的，她们的眼眸里，有五月的明媚。而我在害羞和莫名的懊恼中，触着冰冷的泥墙，手里抚摸着二伯的铁锹柄。那叫声越近，我越向后退去，躲避那触手可及的阳光。我的背触碰到木制的院门了，我突然大叫一声："我要回去！我就是不吃你们的饭！"

　　这声音连我自己都被吓到了。姑姑停留在原地，走也不是，留也不是。正房里人声停了，二伯走出来。我且站，且退，一面盼着他来牵起我的手，一边又提防他牵我的手。他和姑姑在商量着什么，二伯的声音低沉，姑姑的声音脆生生的。像石子投进池塘，有涟漪，一圈圈的荡漾过来——呵！我站在院门边，坚定着自己的决心，我不吃那飘着花椒和香菜的肉。我要回家。

　　二伯是笑着朝我走来的，他的步子轻快，走向我。不久之后，村庄和姑姑一家人的挽留，都被抛在身后了。回家的路，夜晚，多么美妙！沉睡在田地里的秧苗，疲惫的牛，沉默的伯父，他们是真实的，却又像虚幻的。抬抬头，月亮真实地挂在天边，仿佛有微微的叹息传来，除此之外，都虚无得像一个梦了。

　　我赢了。我用自己的执拗，再次印证了我的上不得台面，也第一次做了一回自己。而这样的代价就是母亲多次的训斥。她说："你看你，让你二伯空着肚子回来……"二伯有没有怪罪过我呢？我不知道。但长大之后，这件孩童小事却渐渐变成藏在心底的亏欠。直到我上了小学，早已经过了执拗到不讲理的年龄，突然听到二伯的死讯，那种潜藏在心底的亏欠，突然爆发出来。挤进人群，穿过那些小声的议论，我呆在他的床前，看床上穿戴一新的他，脸上蒙了黄纸，安详地睡着。怎么也不敢相信那个温热的像山一样敦厚的人，会以无常的方式结束自己的生命。他在酒后喝了农药，决绝地扔下一个烂摊子走了。孩子、老人，没人接手。他安静地听着院子里的哭喊，别人乱了阵脚和方寸。他躺在那里，动也不动。父亲胡乱抓了一件素色的褂子给我穿上，那是母亲的，又肥又大，包裹着我瘦小的身子。整个葬礼，我游魂一样迈着步子，跟在一群人后面。那天天气不好，勉强有一轮太阳，阴惨惨地照着。生活的重压，母亲的埋怨，让日子变形。但我始终想不通，那一双结实的手，那一颗善良的心，该有多少勇气才能决绝地斩断所有牵挂！都说二伯在临去之前喝了酒。那一杯杯里，有多少他没有说出的话，多少流出来的泪？他是腰疼得再也不想受罪了，还是勇敢地摆脱了生活的牵绊，做了一回自己？这些，谁都无从知晓了。

　　他的坟在村西。坟墓旁，一棵柳树，安静地生长。每年春天，都为他撑开一片绿荫。那是父亲栽下的。他说你二伯怕热。在他离去的日子里，发生了什么呢？田地变了，不仅重新划分，而且由于黄河水经常断流，在他死后的十几年里，清一色成了旱地。村落的格局变了。统一规划，横平竖直。人变了。年轻人一茬茬长起来，都想着赚大钱，往外跑。他的兄弟们老的老，病的病，死的死，陆陆续续去跟他团聚。但别人的生老病死，都会经历一段过程，不像他，活着的时候，沉默寡言，死了，让人大跌眼镜。

我也变了。我变得敢在人前侃侃而谈，大胆说出自己的想法，我也可以眼眸明亮，在人前笑得花枝乱颤。然而，更多时候，我依然习惯沉默。那是一种令我感到舒服的存在方式。经历过一次次亲人的离去之后，我逐渐发现，贫瘠、病痛不过是人生的另外一种方式。如同一道难解的试题、一个晦涩的符号，测试出每一个人对生活的诚意。如果二伯活着，也该七十多岁，满头白发了。岁月将一天天收回他的气力和热情，给他留下疲惫和衰老，留下记忆，或者还有幸福和希望。如果他还在，我不知道会怎样抱着他的白头，要红着眼圈却又甜蜜侥幸地看着他衰老。坐在他对面，攥着他的手，那双曾经栽秧、赶牛、摸铁锹也摸炒勺的手。夸奖他的衣裳，和他追忆当年让他饿着肚子跑回家。我问："你还记得不，那次送秧？"

他会记得吗？他会忘了吗？我不知道。红日东升，月亮西沉，除了眼睛所见之外，其余都缥缈得像一个梦了。

撑一叶竹筏前行

十八岁那年，我即将从师范毕业。按规定，学生们要回原籍实习一段时间。我和同学商量，先去听听李老师的课。毕竟李老师是我的启蒙老师，从他那里得到经验，既含有一份亲切，又有"千里之行，始于足下"的意思。带着这样的打算，我们回到了小学校园。

新校已经迁到村庄西边。六年里，李老师的鬓边又添了不少白发，但精神很好。他大高个，红脸膛，行走起来步子稳健如风，很有些仙风道骨。看见我俩来，他很高兴，忙着找暖瓶，洗杯子，一人给我们倒了杯水放在桌子上。听我们说明来意，他的脸上露出一丝为难的神情，说："咳，我能教出什么新花样呢！比不上你们在城里正规学校学得多……"但为难只是一瞬，最后还是爽快地答应了。

重新回到小学的教室，内心带着一股莫名的激动。我们坐在教室最后面的桌子上，看李老师健步登上讲台，那天讲的课文是《桂林山水》。板书课题后，他开始范读课文，小小的教室里，回荡着他抑扬顿挫的声音："漓江的水真清啊，清得可以看见江底的沙石；漓江的水真绿啊……"

他的话里带着乡音，每一个字发音饱满，扎扎实实，字正腔圆。在这样的朗读中，我的由于回忆而旁骛的心一下子变得集中了，仿佛真有一叶竹筏，行进在青山绿水之间。细细的水，清清的水，活泼的水，就在我们身边一圈圈铺开，水汽缭绕，竹排推开波浪，调皮的水珠子跃上我们的双脚。那么，六年前呢？某一天的课堂上，我们应该也被一泓认真的水包绕着。可是，少不更事的年纪，有几个人会去珍惜？那一刻，我有一些恍惚，仿佛时光倒流，而我，任由时光的竹筏随意飘荡——似乎从没有如此投入地听他讲过课；又或者，我一直认真听讲，七八年过去，丝毫没有改变。

毕业后，偶尔闲聊起小学的老师们。同事的家紧靠了黄河滩，说她的老师布置了作业，就扛了锄头下地，晌午时分再来放学。登上讲台的时候裤脚挽着，腿上的黄泥巴还在，一截一截跟藕似的。她说得形象，把一群人都逗笑了。笑过之后，脑海里忽然闪过他的面容——这样的事，在李老师这里从不曾发生过。尽管他家里也有地，上有老，下有小，但只要登上讲台，他永远穿得干净整齐。他穿中山装，扣子一直系到领口，严丝合缝，就是一个老师的派头。

课文讲完，他喜欢教我们写毛笔字。用毛边纸打出格子，写遒劲的"万古长青"，写清秀的《静夜思》给我们当范本。描完上交，他戴上老花镜，捏起一管毛笔，蘸上红墨水，神色凝重，批阅得仔仔细细，好像手里握着的，是一只大船的桨橹。偶尔，他也会喊几个同学到讲台前看他示范。一横，一撇，一个横折钩，"喏，就这么写"，他的目光从眼镜片上方透出来。手势有板有眼，透着洒脱。写得像样的字，会在右上角钩一个圆圈。那些红圈，被我们视为莫大的奖赏。有段时间，同学间兴起了一股风气，为了提高书写速度，比着尺子写字，我也赶了一次时髦。结果字越写越糟糕，像刮风，把字都刮倒了，被他狠狠训了一顿。不仅没收了尺子，还限定一天之内必须改正这个恶习。"写字，写字，把骨头都写没了……连字都写不好，还想考初中，没门！"当着全班同学的面，他丢下这句话，然后铁青着脸走出了教室。

那大概是他教训我最厉害的一次，我哭了一节课，第二天就把尺子丢开，老老实实跟着他描红、练字。

冬天，镇上搞了一次作文竞赛。李老师选定了我和一个男同学参加。

初冬的清晨，很冷，风也很大，把地上的枯叶刮得扑啦啦乱飞。我躲在他的身后，他的大衣像一堵墙，把我遮得严严实实。从村里到镇上，大概有十几里的路程，七扭八拐，都是土路。有一段特别难走，大胶皮轱辘压出的车辙印深深凹陷下去。留给人走的路只有窄窄的一溜。他带着我小心地骑着，车子不能骑时，就下来推。一路走走停停，赶到学校的时候，我见他的头上都冒汗了。

那次比赛，几十个学生，我得了全镇第二名。据说不仅因为作文内容写得好，还因为字也很漂亮。奖品是一张红灿灿的奖状，还有一个漂亮的铅笔盒。铅笔盒盖里有海绵，正面印着一个带翅膀的天使，还有一颗颗蓝色的星星。盒盖上有磁铁，一扣，"啪嗒"一声合上，像检阅部队时，遇到士兵敬出的标准军礼。那是当时很多孩子向往的文具。那天李老师喝了点酒，把我叫到办公室，一边把奖品递给我，一边扭头跟其他老师说："看看，乡下的孩子，也不比什么人差。"那是他第一次隆重地表扬我。

后来，我走出了乡村，也成了一名教师，再后来又成为一名作家。但我会时常想起他——大高个，红脸膛，戴老花眼镜，目光深邃；行走起来动作如风；中山装永远干净整齐，扣子一直系到领口，严丝合缝。我也会时常想起他用抑扬顿挫的声调读《桂林山水》。"漓江的水真清啊，清得可以看见江底的沙石……"在他浓重的乡音中，我仿佛沉到一叶江南的竹筏上，被一泓认真的水包绕，浸润其中。我的今天，李老师，您能看到吗？也许吧。也许我的一切，他一直都遥遥地注视着，或者还会笑眯眯地低语："嗯，不赖，不赖！"

毕　业

天是在一份一份的测试卷和一次次模拟考试中热起来的。

初中阶段的最后一节辅导课，不巧遇到一个闷热的天。本来预备着在他们上课时，自己悄悄拿出手机，调整到静音上，给全班来一个特写，永远记住他们的样子。然而，下午的课堂上，需要做的准备那么多，需要嘱咐的条条框框那么多，自己的担心那么多，竟然连拿起手机完成这个小动作的时间都没有。明天就上战场了，似乎都有一种担心：万一题目很难呢，万一做题的时间不够用呢，万一审题出了差错呢？

"老师，假如时间不够用怎么办？"第一个站起来问这个问题的是王帆，第二次摸底考试，因为作文写跑了题，她只拿到了八十多分，平时，她能考到九十到一百之间的。她的个子已经快赶得上我高，这是全班非常勤奋的一个女孩子，此时此刻，除了方法和技巧之外，我想，她最需要的就是自信。"你写字的速度已经很快，我感觉时间对你来说不是问题！"她笑着坐下了。已经不是第一个了。那天，张咏萍跑到我的办公室，手里拿着一张作文卷子，让我看看还存在什么问题。那篇作文，她写得中规中矩，没有大的失误，也没有太多惊喜。但是，最后时刻，我知道什么对即将上场的战士们来讲最重要。"嗯，写得不错，正常发挥了自己的水准，你看，开头的设计，叙事的节奏都不错。沉住气，你能行的！"得到赞许，她似乎吐了口气，如释重负地冲着我笑了笑，脚步轻快地跑出了办公室。

考场上，她们到底能不能正常发挥，能不能拼搏三年进入一个理想的高中。在结果未曾揭晓之前，我的忐忑不比她们少。

初三如战场。我们，被前进的旗帜指引，再疲惫，再劳累，只要战斗的鼓声一响，就得奋力拼杀。复习、辅导、做题，测试，反馈，反思，再做题，再反思。鼓点密集，节奏鲜明，人被裹挟其中，所有向前进的步子都已经成了惯性。什么时候起，砖缝里钻出了第一棵小草？什么时候起，绿色的月季枝条上鼓起了第一朵花苞？又是什么时候，夜里传来了春水边第一声蛙鸣？什么时候，从闷热的教室出来，走进楼下凉爽的风里，看！干干净净的月牙儿悬在西天。

筹划着明天的考试，担心他们因为即将到来的毕业分别而分心，于是提前打好预防针——不许写赠言，不许送礼物，不许在熄灯之后说话，不能太兴奋而影响了正式考试。似乎没有人反对，各人忙碌手里的事情，都在做着最后的争分夺秒。

晚饭后的校园，一如既往的宁静。空气中弥漫着一种祥和宁静。树木竞相生长，已经是葱茏的初夏了。和同事边走边闲聊，听见后面有人喊："老师好！"回头一看，是双悦和乐乐含笑的脸。双悦的一侧有个小虎牙，脸蛋红扑扑的。完全不似她准备演讲时那么严肃。这是个大气的女孩子，还记得进入九年级下学期，需要组织一次全年级的演讲赛，我挑选了并不太起眼的她来迎接这次挑战。她沉稳应对，自己写稿子，字里行间看得出韧性。经过几次指导之后，最终获得了第一名的好成绩。

这个名次，连她自己也没有想到。百花园里，她不是最娇贵的，但绝对也是上得了台面。明月雾霭之下一朵山茶花。月下，还有那么多美丽的花朵——王玉迎的开朗，鑫娜的灵性，王梦洁的沉稳，王晨旭的粲然……有灵性的女孩子，心里都有一匹野马。而此刻的教室，就是训练她们稳健前行的草原吧。

读诗。

鲁宏臣，坐在教室最后排，红色羽绒服，上课从不打瞌睡。喜欢运动鞋、短筒袜，今天看到还是裸着脚脖子，我问他冷不冷，他抬头笑了笑：还行。下周换一双长一点的吧。他说嗯。

魏舒婷，人称"小魏"，问她，名字是妈妈给你取的吗？她爽快答道，是啊。妈妈喜欢现代诗？哪呀，她说随便取的。哎，我说，不得了！

想着他们每天在书山题海之中的跋涉，想必也有厌倦。于是挑选了米沃什的《礼物》和席慕蓉的《为什么》，还有顾城的《门前》。他们做题，我在黑板抄写，写完了，一句一句地读。他们跟着念，一脸的轻松。

　　墙后的草
　　不会再长大了，它只用指尖
　　触了触阳光

顾城的童心，让我们大家都松了口气，他们，也是一棵棵安静的草木，在语文课堂上触摸到了诗歌的阳光。而初中阶段结束之后，他们，依然要成长。

做了一个小动员，然后和他们一起做题，纸笔窸窣有声。一抬眼看到后面的倒计时。那一张张青涩的面孔，或者凝重，或者平和，却都认认真真的。我坐在讲台前，默念："为什么，欢乐总是乍现就凋落，走得最急的总是最美的时光？"孩子们，你们，也在心里这样默默地念过吗？

"何日是归程？长亭更短亭。"明明是分别，不知怎么心里突然想到了这首诗，我的私心，此刻如此期盼孩子们多多停留。可是，我也知道，即使有千般不舍，万般不愿，你们也终需要离开这里，去往另外一个更广阔的世界。当你们回来（你们中的极少数会回来看看的，我相信），但愿那时候，这一方承载你们的楼宇还在，草木还在，眼前的人也还在。

终于等到毕业典礼的召开。

从晚自习之后，忙着给学生写赠言。纵然自诩读过几本书，但是提起笔来，依然不敢轻易落下。相处的三年时光，一千多个日日夜夜，我看着他们从稚嫩走来，到懂事，到特有的少年狂，到老成，到他们必须经历的酸甜苦辣。这一切的一切，又岂止是一张薄薄的信笺所能容得下的？

润一润笔尖，在另外一张纸上试着写了几个字，我开始动笔。

我写：你清亮的嗓音，是一泓泉水。我记得你捧了一些作业站在门口，红润的脸庞如朝霞。

我写：上课时你爱打瞌睡，忽然有一天，我发现你的书桌上多了一株小草。从那时起，你像变了一个人，再也没见你在课堂上打盹儿。你看，毅力这东西有多么神奇！

我写：你的笑容像清晨的风，吹过去，所有看到的人都觉得舒服。高中的校园里，希望一切如常……

我在每一页的开头，轻轻写下他们的名字，郑重地在结尾签上我的名字。然后，把这些信笺装进牛皮纸袋，交给他们的班长。或许多年以后，这些纸片终究流逝在风中，但是，我写下自己的心意，至少在此刻，他们能够看见，也能够记得。

典礼简短、有序，整个会场弥漫着一种异样的庄严。全体起立，奏国歌，教师代表发言，由学生会主席代表全体同学致辞，学生代表给母校赠送礼物，校长讲话，然后结束。没有留下时间让人抒情。

　　从礼堂鱼贯而出，李晶和小魏一前一后地喊我。"老师——"她们拖了长音，袅袅的声波里，写满了眷恋和撒娇。李晶的眼圈竟然先红了。我一面答应着，一面走到她跟前。她张开双臂，说：抱抱吧。于是，抱住她，瘦瘦的脊背，瘦得触摸得到骨头，那个子比起一入学，差不多高了十厘米的样子。初中阶段的最后一个学期，她要求把座位调到了最前排，为的就是在老师的眼皮底下，既听得清内容，又能让老师监督她的贪玩。因为有一次默写出错太多，我曾经罚她每一次，只要别人上交的作业，她必须跟着。她低下头，咬着嘴唇答应了，后来果然就每次都上交，语文成绩，逐渐赶到了中游水平。还有小魏，最后一个月的课堂上，她的模拟成绩每一次都很好，和她的名次相比，语文是最棒的学科了。我每次强调知识点，她都郑重地点一点头，仿佛用那样的方式回馈我："老师，你讲的，我都记下了。"

　　听班主任张美老师说起，毕业典礼开始之前，班主任强调典礼的程序。其中一项是教师代表发言。他们在教室里大声吵嚷着："为什么不是我们语文老师？"这样的话，如果当着我的面问，会遭到训斥，我也会告诉他们：所有的老师都优秀！而不在现场，我也能想得出来，是谁带头喊出来的。在近乎离经叛道的时刻，这是他们因为爱而产生的勇敢。

　　还记得去年的平安夜，我从六班上完自习出来，走在黑暗的连廊上，她们从后面喊我，"老师——"，我回头，一个个地冲过来，手里捧着精心包好的苹果——平安果，像一匹匹小马驹，气喘吁吁地停下，把苹果和一份盛情交到我的手里。我忙着感谢她们："你们留着自己吃，我还没给你们包礼物呢！"她们不干，推让着，我说："我留一个，其他的分给别的老师。""我们还有，好多呢！"一个个又笑着跑走，连廊上留下一阵杂沓的脚步。那一夜，万籁俱寂；此后的每一夜，平安沉实。

典礼结束，下台阶时，地上落下大大的雨点，天空阴沉，只在西边泛着一点白光。更大的雨正在天空集结，雷声震荡，似大战之前饯行的鼓声。